叫我公主

小華麗
公主華麗頌

周芬伶 著　賴昀姿 圖

心中那個天真的小孩（推薦序）

讀《叫我公主：小華麗公主華麗頌》，我心中那個天真的小孩，立刻被周芬伶靈活生動的文字給喚醒了。

入世越深，離天真未鑿的年少歲月越遠，甚至遺忘了我也曾經有過純真的心。然而，美好的文字是有魔力的，它會帶來意想不到的力量。芬伶的作品從來充滿了創意，創意來自她的才情，也來自她對自我的極高要求。

小華麗住在華麗小鎮上，喜歡繞口令，升上小四時，班上來了一個名喚「徐恭竹」的漂亮女生，要求大家叫她「公主」，引發了班上女生舉辦公主選拔賽，男生則有王子選拔賽。故事由此展開。中間還橫生枝節，學期中，轉來了米果果和米唐唐，他們是龍鳳胎姊弟，還在俄羅斯馬戲團裡中表演空中飛人，也加入競選活動。如此一來，再加上周遭的同學和親友，讓原本以為簡單的故事變得豐富、懸疑，甚至充滿了冒險、引來戰爭。

讀來，好像是台灣版的《哈利波特》。不同的在於，《叫我公主：小華麗公主華麗頌》並不完全來自天馬行空的想像，而是有著更多在地的風土人情，更處處彰顯了情味之美。

書中有魔法，魔法來自苦練。有機器人和複製人，還有高科技的戰鬥，讓人相信那也會是可能的發展。終結在追求科技與靈性的「白塔」，以對抗宇宙暗黑能量匯集而成的破壞力「黑王」，這是善與惡的對立，結果如何呢？

讓人想起了，一生奉獻兒童文學的林良先生一向的主張，他認為：童書的故事裡要多給快樂和美善，讓它們都成為小小的種子，播向孩子的心田，總有一天會開花結果，那是愛、寬容和希望，甚至可以成為對抗邪惡的力量，是多麼珍貴的信念。至於在現實的世界裡，的確存在著許多的不堪和負面，但是不必急於太早告訴孩子，等他們長大了自然就會明白。……芬伶的寫法暗合了這樣的理論，也是我喜歡的。

全書有趣，繞口令是亮點，常帶來莞爾一笑。

書裡有冒險、魔術、空中飛人、戰爭等等元素，還有許多出人意表的發展，對少兒小說而言，已經是豐富而吸睛了，甚至有足夠的資格成為很好的、搬上大銀幕本土的動漫作品，相信大家都會喜不自勝。

芬伶每次的新作推出，都引起我極大的關注。她的才情豐美，令人羨慕；文字靈活，少人能及；觀察敏銳，讓人驚嘆。……創作橫跨多種文體，從散文、小說、童書到少兒小說等，在在出類拔萃。

多年以前，涵碧，她是《吳姐姐講歷史故事》的作者，曾經邀約芬伶和我餐敘。席間，涵碧和我說得興高采烈，芬伶則寂然無聲。吳姐姐轉過臉跟芬伶說：「即使妳不說話，思維恐怕仍是波濤洶湧的吧？」芬伶點頭。

後來，我知道了，芬伶的話極少，卻把最大的心力，最精萃的部分，都留給了創作。

此刻回想，三個人的身子都弱，然而，三十多年來，在文學創作的路上之所以能繼續堅持下去，情深無悔，憑藉的是毅力。吳姐姐是。我是。芬伶更是。

恭喜芬伶出新書，這是一本適合全家人一起共讀的好書。我好想知道：《叫我公主：小華麗公主華麗頌》是不是也喚起了你心中那個天真可愛的小孩？

琹涵　二〇二〇年四月

目錄

第二部

第一部

1 公主選拔賽

一升上四年級，班上新轉進一個超級漂亮女生，叫徐恭竹，臺北來的，長得像陳意涵，許多人說比她還漂亮，甜甜的笑容迷死人，全身好像會發亮，唯一的缺點是，她強迫每個人叫她「公主」。

「徐恭竹，你要不要練跳繩？」有人問。

「不可以叫我的名字，我是公主。」

「為什麼你是公主？」

「在家裡每個人都叫我公主，我爸媽也是，你看我的名字就是『公主』，你們有嗎？」

「我在家也是公主，我是獨生女，爸爸都叫我公主。」

「我也是獨生女，為什麼我不是公主。」大約有七八個獨生女出來抗議。

「卡，卡，卡，不要吵，大聲嚷嚷的不可以當公主。」徐公主說。

「那我們來選好了。」

「對！對！競選，這是民主時代！」

「可是，大家要保守祕密，不可以讓別人知道。」

「哎喲！好好玩哦，好神祕！」

「這個禮拜天，在我家聚會，想當公主的要競選。那天是我生日，順便請大家來玩。」徐公主說。

那天回去，華麗倒出撲滿的錢，打算用兩百元買禮物，但是買什麼好呢？什麼樣的禮物才配得上向公主進貢？問新媽媽，她長那麼漂亮，才是真正的公主呢！

「媽媽，小時候你是公主嗎？」

「是啊！爸爸都叫我公主呢！」

「那小時候你最喜歡什麼禮物？」

「我爸送我一輛腳踏車，那是我最喜歡的禮物了。」

「不是啦，我是說普通一點的，譬如說不要超過兩百塊的。」

媽媽的眼睛笑得瞇成一條線。

「我知道了，要送同學是吧？她是怎樣的女生呢？」

「她是公……，哦，我是說她很漂亮，用的東西都是名牌。」

「年紀這麼小，最好不要這樣，你知道什麼是名牌？」

「我本來以為是制服上的名牌，或狗狗的名牌，結果她抬起腳來，指鞋子上的像打勾的標誌說：『哪，這是Nike。』；指她的書包說：『這是Kitty。』；指她的手錶說：『這是Swach。』指她脖子上的項鍊說：『這是Tiffany。』我記也記不住，就把它們編成繞口令：

耐奇耐奇有什麼奇？
斯哇奇斯哇奇才真奇，
凱蒂凱蒂送給你，
蒂芙尼蒂芬尼丟進垃圾筒去。
耐奇斯哇奇不要生氣，
凱蒂和蒂芙尼陪伴你。

聽到這裡媽媽笑得直捶胸口說：「華麗啊！不要再講了，我肚子痛死了。」華麗說：「我又沒有說什麼，不過是名牌，就是很貴的意思吧？超過兩百塊？」媽媽笑得更厲害，華麗摸摸頭說：「每次都這樣，我生氣了，我不理你了。」

新媽媽肚子裡有個小貝比，不久之後華麗將有一個小弟弟或小妹妹，那時她將晉升為姊姊，她已經開始預習，逢人便要人叫她姊姊。

小華麗鼓著臉去找「潘安」潘子安，他們家正在拜拜，他跪在神桌前，一隻手卻在抓螞蟻，小華麗也跪在潘安的身旁，附在他的耳朵說：

「叫姊姊，姊姊我今天有事要問你。」

「我大你三個月，你要叫我哥哥。」

「笨蛋，你又沒弟弟叫什麼哥哥？」

「也對，我是老么，永遠都是弟弟，好吧！小姊姊你有什麼問題？」

「兩百塊買什麼禮物好？」

「送公主的？」

「你怎麼知道我們的祕密？」

「大家都知道，只有老師不知道。」

「選什麼公主嘛，當平民不是更好。」

「吔！你們兩個小孩還在拜，拜完了嗎？」雙雙對對又不是拜天地入洞房。」大人在一旁又說又笑。

「有什麼好笑的？」小華麗拍拍膝蓋走到一邊去。

「什麼是拜天地入洞房？」

「可能是送神的儀式，對了，你還沒告訴我，要買什麼好？」

「皇冠啊！當公主沒有皇冠怎麼行？」

「那不是比名牌貴？」

「自己做，不用錢。」

「對哦，我怎麼沒想到？」

「看我的。」說完失蹤了一會兒，拿來一個紙盒和剪刀漿糊。

「什麼紙盒這麼花？」

「這是我家裝農藥的盒子，厚度剛剛好。」說著就把紙盒拆開攤平，剪出皇冠的樣子。

「不是很像，這上面還有『捕鼠強』三個字好大。不行啦！」

「不要吵，看我的。」潘安又失蹤一會兒，不久抱來一堆紙錢，把上面的金紙撕下來，一張張黏貼上去。

「夠金吧？」

「還是看得出是紙錢。」

「重來！剪成星星。」

兩個人弄了一個下午，終於完成捕鼠強牌皇冠，上面貼滿星星，正中央還有一顆大星星，金光閃閃的，完全看不出是金紙做成的，小華麗滿意極了，小心翼翼放在盒子裡，包上美麗的包裝紙，興奮地等待選公主的日子。

選公主的日子終於到了，大家都帶著禮物到徐公主家集合，從穿著打扮就看得出誰想選公主。徐公主梳著公主頭，穿著粉紅色紗禮服，手上還拿著一根權杖，一副捨我其誰的樣子。可是她沒料到，另外十一個女生也梳公主頭，穿紗禮服。不想當公主的都穿牛仔褲，有人說要當大臣，有人說要當宮女，有人說要當路人甲。大家問華麗要當什麼，她說：「有公主就有武士，我要當武士。巴夏花，你才是真正的公主，你的爸爸不是排灣的大頭目？我當你的武士好了。」巴夏花說：「不要叫我公主，我要當巫師。」

吃完蛋糕後，大家擬出競選公主的辦法：第一要才藝表演冠軍；第二要長得像公主。不競選公主的統統是評選團，要評選團三分之二通過，才能當公主。

才藝表演開始了，有人彈鋼琴，有人拉小提琴，有人跳芭蕾舞，有人講笑話。徐公主最特別，她自編自導自演「白雪公主」，當她換穿白色的蓬蓬裙邊唱邊跳，活像迪士尼卡通中的公主，唱的也是原版英文歌。原來她迷迪士尼卡通迷成這樣。最後她躺在一張墊有無數張鵝毛被的床上一邊啃蘋果一邊說：「這張床讓我不舒服，太硬了，誰教我是公主呢？」然後睡成睡美人。她的演技精湛，真的演活了公主。

大多的公主候選人都比不上徐公主，只有外號「少男殺手」的王美人（梅仁），她的表現聲勢奪人，雖是普通的演溝，等於是公主政見發表。她穿得像美少女戰士，手拿著鋼盔發表她的講題〈假如我是公主〉，她英姿勃勃地說：「假如我是公主，我要脫下白紗長裙和高跟鞋，穿上戰袍，打擊魔鬼，伸張正義；假如我是公主，我要像德蕾莎修女，奉獻自己，服務他人；假如我是公主，我要追尋真理，創造和平，做一個現代女英雄。我是主動、積極、前進的，絕不等王子來救我！……」王美人的演講引起熱烈的掌聲。

評選的結果，徐公主四票，王美人四票，其他零票，四比四，小華麗投了王美人一票。再投一次票，也是四比四，商議的結果由巴夏花代表評審團上臺發言：「兩位公主都很棒，實在很難評選，我們決定將競賽延長到這個學期末，在這個期間徐恭竹和王梅仁都是準公主，可以擁有一名保衛她的武士和巫師，請大家踴躍報名，幫助準公主成為真正的公主；我們評選的標準是實力、魔力和說服力，並將聘請四位男生加入評審團，因為我們有四個人將擔任武士和巫師，不能加入評審。現在我們請華麗獻上她的〈公主華麗頌〉。」接著小華麗上臺朗誦：

美麗的公主住在華麗的城堡
東邊的公主美如天仙
她的歌聲和美貌讓人醉倒
西邊的公主英勇過人
她的氣魄和勇氣天下無雙
是公主尋找皇冠
還是皇冠尋找公主

這天大的謎
你我都不知道
偉大的巫師施展她的魔法
神勇的武士拔出他的尖刀
誰是真正的公主
最後的勝利不久將來到

那天散會前，華麗報名充當王美人的武士，古怪精靈的尤利是巫師，並自號為「西方公主團」；另有外號「耗子」的徐皓當徐恭竹的武士，巴夏花當巫師，號為「東方公主團」。皇冠

將由評審團藏在祕密的地方，找到皇冠的公主就是真正的公主。

會後華麗問巴夏花為什麼要輔佐徐公主，巴夏花說：「公主是天生的，像我生來就是公主，徐公主有天生的公主氣質，那不是選來的，或爭取來的。」華麗說：「也許你說得對，但我還是喜歡王美人，我們來比比看吧！」

2 王子相撲大賽

「什麼？你們也要選王子？」華麗尖叫。

「有公主，當然也要有王子了。我們還要請你們觀禮呢！」潘安說。

「太勁爆了，你們要怎麼比法？」

「我們男生當然要跟你們不同，比成績比相貌比才藝，那不是跟女生一樣？我們要比力氣。」

「那不是選大力士？」

「我們還有複賽，比賽鴿，比誰敢在黑布森林過一夜，這樣有夠智勇雙全吧？」

「潘安你要不要參加？」
「嘿嘿，我要保密。」

男生相撲大賽那天，東方公主團和西方公主團都來觀禮，但見參加相撲賽的王子們，只穿一條短褲，那天剛好寒流來襲，許多王子披著毛巾（怕冷扣十分），在有「少女殺手F5」之稱的王子富家的後院舉行，比賽模式號稱相撲其實是打架，但見兩個王子撞來撞去，扭來扭去，最後被壓在地上的就輸了。不要以為比較胖高的較有利，如果行動不夠敏捷還是會被壓垮的。像劉胖子和潘安的決鬥，劉胖子一百六十公分，七十公斤；潘安一百三十公分，三十二公斤，兩個身形不成比例，每常胖子撲向潘安時，潘安閃得很快，結果胖子不是撞到牆壁就是跌個四腳朝天。F5和謝王子決鬥時，兩個身材差不多，都是一百四十左右，謝王子太喜歡耍帥裝可愛，結果被F5撲倒，兩個人扭打好久，謝王子終於被壓得不能動彈。F5又表演了街舞，舞藝驚人（加十分），笑容迷死人（加十分），潘子安模仿蕭敬騰，唯妙唯肖（加十分），並發表演說：〈我是一個現代王子〉：「我是一個現代王子，雖然長得不帥卻很酷，我會爬樹，游泳和保護公主，王子不必逞英雄，說學逗唱樣樣會，叫我王子，叫我第一名！」（加十分）。

投票結果，由F5和潘安出線，也是四比四，不分高下。於是同樣把比賽延長至學期末，並加入四位女生當評審。評審的標準是實力、智力和風度，女生評審團並提供皇冠藏寶圖，藏在祕密地點，誰先找到藏寶圖幫助公主找到皇冠，誰就是真正的王子。F5和潘安兩個準王子，也可以擁有自己的武士和巫師，F5這邊叫「南方王子團」，潘安這邊叫「北方王子團」。同樣地，小華麗上臺朗誦〈王子華麗頌〉：

尊貴的王子住在神祕的森林裡
南方的王子英俊瀟灑
他的風采令人神魂顛倒
北方的王子長相抱歉
他的機智無人能敵
是王子尋找公主
還是公主尋找王子
這天大的祕密
現在還不能告訴你

當真正的公主出現
皇冠展露光芒
他！他！他！
就是真正的王子

3 魔法大賽

西方公主團第一次集會，華麗和尤利商量如何打敗東方公主，尤利說：

「為了表現我的魔法，我要重新改造我們的公主。」

「改造成什麼？」

「哈利波特，他的魔法不是最厲害嗎？」

「不要！他的樣子好蠢，我不要打扮成男生，而且臉上還有疤。」王美人說。

「那不是疤，那是魔法師的記號。」

「那打扮成妙麗好了，她的魔法也很厲害。」

「那還差不多。」

「對了，我們每個星期六都要出招，在每個同學的抽屜放一個祕密召言，說偉大的公主魔法將出現！」

「你真的會魔法嗎？巴夏花可是真正的巫師哦。」華麗說。

「安啦，我不會輸給她的。」

「報！北方王子特請我送來情書，表達他對公主的忠心不二。」潘安的武士跪在公主的面前說。

「沒想到潘王子如此積極上進，來人，唸！」華麗接過情書大聲唸：

我最尊貴最親愛的公主：

你的美貌如寶珠寶貴
你的瑞智如康康張菲
我的忠心如綠箭口香糖
陰魂長在你左右
就醬

你的僕人潘安拜拜

「這什麼情書?這麼恐怖。」王美人看了快哭出來。

「這個潘安就是國文程度不好,沒關係,禮尚往來,待本武士來教訓他。」華麗說完,便給他回一信:

北方王子麾下：

你的情書狗屁不通
鐵獅玉鈴瓏豈是還珠格格
瑞智不比睿智
康康張菲不如陳文茜
綠箭口香糖真噁心
金莎巧克力才夠看
陰魂可是你死了
就醬莫非火星文

「報！南方王子送禮進貢。表達他對公主的愛心不變！」不久南方王子跪在公主面前獻上貢品。

「哦！是金莎！」王美人模仿電視廣告上的樣子，尤利和華麗也跟著尖叫。

「還是南方王子懂得我的心，回他什麼好呢？」

「公主送王子一隻鞋好了，就像辛蒂瑞拉一樣。」武士華麗說。

「不行啊！我沒多的鞋。」

「用畫的。」華麗在紙上畫一隻玻璃鞋，送到南方王子那裡，他們大聲歡呼，好像得到偉大的戰利品。

星期五是奇特的日子，那天大家都穿便服，又是魔法競技的日子。徐公主穿著紗裙，王公主穿美少女戰士裝，華麗穿著西部牛仔裝，尤利穿全身黑色的裙裝，王子們穿西裝打領帶，其他的算是一般老百姓，那就隨便穿了。評審團隱匿在平民中，沒有人可以認出他們的身分。

第一個禮拜星期五早上，每個人都接到西方公主的密詔，那是一個漂亮的信封上面有一把劍的榮耀記號，密詔說偉大的西方公主將展現她的魔法，請大家聆聽第二節下課鐘聲將比平常多十下。大家興奮地期待第二節下課，幾乎沒有心情上課，等到鐘聲響起，大家安靜傾聽並在心裡數著。

「噹噹噹噹，噹噹噹噹……。」哇！果然多了十下，大家歡呼，擁護西方公主的並呼口號：「西方公主好好好，西方公主妙妙妙，西方公主天下第一！」

就在歡呼聲中，東方公主飛起來了，並在空中跳芭蕾舞，大家的眼睛和嘴巴張得像魯蛋。東方公主跳完舞，優雅地降落地面，這時大家瘋狂鼓掌。接著歡呼：「東方公主神神神，東方公主奇奇奇，東方公主無人可比。西方公主敗敗敗，西方公主逃逃逃，西方公主不敢見人。」

那一天中午西方公主團緊急開會，王美人怪尤利的法術太遜，華麗說：

「我就說過，巴夏花的法術很厲害的，我們不跟她們比法術，比別的。」

「輸得慘兮兮，還能比什麼？」王美人說。

「比濟弱扶傾，比日行一善。」尤利說。

「是啊！我們要表現自己的風格。美少女戰士本來就是正義的化身。」

「有那麼多善事讓我們做嗎？」

「只要小小的善，譬如把我們班的盆栽照護好，照顧我們的班兔『大耳朵』更健康更聽話，幫助困苦的同學都可以。」

「好，這點子不錯，本公主龍心大悅，須行下去吧！」

從那天起，班上的五棵盆栽，幾乎每天都開一朵花，「大耳朵」彷彿會聽王美人指揮，叫牠進來就進來，叫牠出去就出去，更惹人喜愛了。家境貧困的同學在抽屜裡發現豐盛的餐點和禮物，殘障的同學有專人保護。

而東方公主照例在每個星期五展現魔法，有一次她突然隱形不見，有一次出現在隔壁大樓屋頂上，有一次行走在樹上，有一次居然出現在每個人的夢中，而且講的話都一樣：「我是東方公主，我可以穿越你們的心靈和夢境。」這真是太神奇了。

這一切都是在老師看不見的時候進行，大家也都有志一同保守祕密。

4 籠鴿飛行比賽

同時南方王子與北方王子的複賽開鑼了，F5和潘安將他們養的鴿子放飛，目的地是隔鎮的郵局，誰的鴿子先飛回來就是贏家，飛行的時間大約是一個小時左右。東方、西方公主團也受邀請觀禮，並提供洛文讓信鴿傳遞友好訊息，以結交盟友。

比賽開始了，但見潘安的灰鴿子和F5的白鴿子同時放飛，灰鴿子（火車頭）彷彿聽得見潘安的指揮，在他的頭上繞一圈就像箭一樣飛出去，F5的白鴿（白雲）子也不是省油的燈，拋空飛向雲端，火車頭曾經得過好幾次比賽冠軍，這場比賽對潘安比較有利，大家擠上潘安姑姑和華麗媽媽開的旅行車，快速的奔向郵局，抵達目的地，有一些同學在這裡守候，他們正歡呼：「白雲好白雲妙，白雲呱呱叫！」白雲站在王美人的手上正在啄食小米。

「我的火車頭呢？難道還沒到？」潘安急得直搔他的光頭。

「白雲飛到好久了！」

「不可能，牠一定出什麼事了！」

「我知道了，你們跟我走！」潘安的姑姑說。

車子一直往前開，大家不斷問要去哪裡，可是潘姑姑凝重的神情，讓大家不敢繼續問下去，車子出了屏東，下一站就是高雄了。

「我知道了，火車頭還以為是全國比賽呢？每次都是從臺北飛到高雄！」

「一定是你下錯指令，這下你輸定了！」F5得意地說。

「勝不驕敗不餒，更何況還不知什麼情況呢！你這樣很沒風度哦！」華麗說。

車子抵達高雄文化中心，一大堆鴿子群聚在那裡，都是灰鴿子，牠們嘰嘰呱呱湊在一起好像在敘舊，潘安吹了一聲口哨，火車頭馬上從高高的屋頂飛下來。潘安看了繫在火車頭上的小碼錶，大聲說：「時速一百五十公里！」大家在計算白雲的飛行速度，約一百三十五公里，在速度上火車頭比較快，但就比賽規則白雲贏了！大家正不知怎麼評分，有一隻鴿子忽然大笑，牠的聲音像奸臣一樣：「哇哈哈哈哈！」大家全身起雞皮疙瘩，鴿子的笑比人更像人，有人學牠們的笑聲「哇哈哈哈哈！」大家也跟著學，鴿子大概在笑人太愚蠢太計較，所以每當有人問：「到底是誰贏？」對方一定回你：「哇哈哈哈哈！」你聽過鴿子的笑聲嗎？那真是太恐怖了。

5 半路殺出程咬金

比賽到了學期中，比賽難分勝負。班上轉來一對雙胞胎怪人，一男一女，男的叫米唐唐，女的叫米果果，兩個不但長得像，連說話走路的樣子都一模一樣，好像是彼此的影子。他們也像影子一樣不愛說話，每天瞌睡兮兮，好像沒睡飽，下了課都趴在桌上睡覺，長相普普通通，服裝儀容不太整潔，披頭散髮，好像好久沒梳頭洗髮。他們兩個好像心靈相通，動作作息一致，連上廁所都同一個時間，不同的只是一個上男廁一個上女廁，考試的分數一模一樣，一個感冒，另一個也打噴嚏咳嗽，他們一點也不關心王子公主選拔賽，活在自己的世界。有一次下課兩個同時在寫東西，調皮的尤利躲在後面看他們在寫什麼？唐唐寫：

「好無聊，好想飛出這裡？」

「是啊好想飛，不過要飛到哪裡？」果果回。

「飛去找媽媽，我好想她！每次我在飛的時候都好像看見媽媽。」

「爸爸會生氣的，不要讓他傷心？」

「爸爸還愛著媽媽，他一直還在等她回來。」

「她不要我們了。」

「不！她愛我們只是沒辦法回

來。」

「為什麼沒辦法？」

「這就是為什麼我想飛去找她，問她為什麼沒辦法回來？」

尤利大叫：

「原來你們在通電報打心電，你們會讀心術！」尤利搶過紙條，想大聲唸出來：

「我想飛……，你們會飛？」

唐唐跟果果同時趴在桌上哭。

「還他們！不要欺負新同學。」西方公主說。

「是他們不合群自己一國，完全不關心我們班的活動。」

「拜託！他們是新同學，老師要我們照顧他們。」

「不！他們是醜八怪，我看到他們就渾身不舒服。」

「尤利！你太沒愛心，欺侮弱小的同學！趕快跟他們對不起，否則我請公主開除你。」華麗說。

「是啊！你忘了我們是要濟弱扶傾，扶持正義的？快道歉。」王美人說。

「好吧！對不起！都是我不對。」尤利鼓著臉說。

唐唐果果同時抬起頭，眨著充滿淚水的眼睛，驚喜地說：

「沒關係！我們習慣了！到哪裡每個人都當我們是怪胎。」

「你們還好啊！要不要加入我們的公主王子選拔賽？」

「我們什麼都不會，而且我們放學後不能出來玩，就當觀眾吧！」

有一次華麗跟他們坐在草地上一面聊天一面看同學玩，華麗問：

「你們最大的夢想是什麼？」

「跟媽媽見面。」唐唐說。

「她離開你們多久了？」

「兩年，在我們八歲那年，她突然離家出走。」果果說。

「是不是我們不乖才走掉的？」唐唐說。

「你別胡思亂想，像我這麼令人頭痛，爸媽也沒逃走啊，更何況你們沒有不乖啊。」華麗說。

「我們再來玩飛飛飛的遊戲吧。」果果說。

「我要開始了哦！閉上眼睛，你的手變成翅膀，飛啊！飛啊！越飛越高，看見大海……」唐唐說。

「然後飛過大海，到一個大森林，裡面住著小矮人，小矮人很會打地洞，打呀打，肚子好餓。」果果接著說。

「這時他們回到他們的小木屋，媽媽已經煮好飯等他們，有漢堡、薯條、冰淇淋⋯⋯」唐唐說。

「媽媽說：『小寶貝，不要吃太快⋯⋯』」

「媽媽說：『小寶貝，不要怕黑，媽媽在身邊陪你。』」

這遊戲雖然很平常，唐唐果果很入戲，像真的一樣，華麗好像見到在天上的媽媽，可是這次她沒有哭，因為媽媽笑得好美好美。

有一次華麗在街上一家洗車行看到唐唐果果幫人洗車，旁邊一個又黑又瘦的男人在耍一隻猴子，嘴裡嚼著檳榔。

華麗隔天偷偷問唐唐果果，唐唐說：

「不是爸爸要我們洗車的，是我們自己要幫忙。」

「那是我爸爸朋友的家，我們借住他們家，總要幫他們做事，我爸爸還幫他修車呢。」果果說。

「你們沒有家？」華麗問。

「我們曾經有一個很幸福很溫暖的家，在臺南，而且我們常到世界各國旅行，好好玩！可是自從媽媽走了，一切都不一樣了。」

「哇！你們這麼小就到世界各國旅行，好過癮哦。」

「是啊！我們去過十幾個國家，美國、日本、新加坡、加拿大、法國、德國……，我最喜歡荷蘭，好像童話世界一樣。」唐唐說。

「我最喜歡美國，那裡的迪士尼最好玩。」

「好羨慕哦！你們一定很有錢！我知道了！你們一定是大富翁，怕人家知道，所以偽裝成這個樣子。」

6 俄羅斯馬戲團

當俄羅斯馬戲團的海報張貼出來，許多小孩天天吵著爸媽帶他們去看，可是票價一張要一千元，地點又在臺中，對於小鎮的人來說太奢侈，大多被拒絕了，華麗用的是暗示法，她去要了一張海報貼在爸爸診所的公布欄，還用簽字筆把時間地點畫個大圈圈，貼了好幾天，爸媽好像看不到，華麗只好用明示法，她貼的是自己的陳情書，用海報字寫得老大：

您知道有個馬戲團叫俄羅斯
俄羅斯的馬戲團就數它第一

馴獅變魔術空中飛人加猴戲
錯過俄羅斯馬戲團我寧願死
俄羅斯俄羅斯我要吃蘿蔔絲

華麗的爸媽偷偷買了票，為了怕她到處炫耀，一直裝作沒看到，等到她生日那天吹蠟燭後才拿出來：

「祝你生日快樂！你滿十歲，要變大人了。」爸爸說。

「萬歲！我就知道我的願望會馬上實現！謝謝爸媽。」

「看你開心成這樣，我們也開心。」

「老是我們我們好噁心喔！以後有弟弟或妹妹，『我們』的勢力更大了，而你們會不會不要我，我就是我孤單一人了。」

「華麗，不要亂說，你也是我們，這是一輩子都不會變的。」新媽媽急了。

「我逗你們的，我會是天下最棒的姊姊，萬歲。」

那天之後，華麗一直在數日子，她忍不住告訴潘安，潘安馬上去吵他爸媽，結果被罵一頓。坐在門口生悶氣，華麗想跑過去安慰他，潘安說：

「你不要過來，我討厭看到你，看到你就像看到馬戲團，飛了飛了！我的心碎了！」說得華麗不敢過去，兩個人隔著街喊話：

「對不起。我砸存錢筒，看能不能再湊一張。」華麗說著就去拿撲滿。

「我也去拿我的。」不久兩個各自在家門口砸錢筒，還像唱票一樣數錢。

「十、二十、三十……一百、兩百、三百、四百……，我有四百五十三元，你有多少？」

「十、二十、三十……一百、兩百，前陣子偷挖錢買漫畫書，現在只剩兩百八十一元。」

「兩百八十一加四百五十三元，一共才七百三十四元，不夠！怎麼辦呢？」

「好啦！你們兩個不要在那裡唱苦肉計，我帶潘子安去，我男朋友請客，那天就請他開我的旅行車，大家一起去旅行。」潘姑姑最近交一個脾氣很好長得像戎祥的大胖子男朋友，聽說不久就要結婚了。

好不容易等到出發那天，小華麗和潘安興奮得不斷在車上尖笑，胖子有胖子的思維，滿車都是吃的，大家一路吃個不停，吃到臺中每個人肚子起碼裝一公斤食物。輪胎好像歪了一邊，而且是歪向大胖子叔叔那邊。

到了馬戲團表演場地，但見一個像蒙古包的大帳篷，外面萬人鑽動，巨大的看板上，畫著俄羅斯馬戲團的廣告，大家排隊進去大帳棚，觀眾席上早已坐滿人，華麗最先找到自己的座位，等大家坐定，著急的等節目開始。

等呀等，好不容易節目開始，一個小丑出來搞笑，一下子假裝跌倒，一下子翻筋斗，接著是猴子騎腳踏車，大象跳舞，然後是馴獸師要獅子跳火圈，華麗和潘安看得目不轉睛。這世界上有什麼比馬戲團更神奇？一切不可思議的事都會在這裡發生。

當魔術師出來表演魔術時，兩個金髮的小孩分別穿著王子和公主的服飾，他們是魔術師的助手，公主有著華貴的氣質，王子英武神氣，兩個人好像超級巨星吸引大家的目光。魔術師把公主放進木箱中，關上木箱，打開木箱時，公主不見了！接著是王子坐在椅子上，罩著黑布，魔術師手一揮，王子不見了。

「好神奇哦！我以後也要當魔術師。」華麗說。

「你不覺得公主和王子有點面熟？」

「怎麼可能？公主和王子多麼漂亮，好像是從童話走出來，真正的公主和王子就應該是這樣！」

接下來是空中飛人，一對大人和剛才的公主王子，他們好像有翅膀一樣，在空中飛來飛去，正飛，倒飛，放手騰空飛，還作出許多危險動作。

「俄羅斯小孩真可憐，這麼小不能作這種表演吧。」華麗的爸爸說。

「好可愛好神勇的小孩，真想偷偷抱回家。」華麗的新媽媽說。

當他們四個人手握手作出拋飛的動作，公主和王子在最下面，他們要一個個放手，飛到對面，這是個驚險的時刻，鼓打得非常激烈，公主像無重量一樣拋飛到對面，成功！觀眾熱烈的鼓掌。接下來是王子，他們先在繩梯上拋來拋去，然後放手，拋飛到對面的繩梯，手已搆到繩梯，沒想到手一滑，整個人掉下來。

啊……

觀眾發出驚叫，還好下面有張網，但男孩驚嚇過度昏了過去，這時觀眾席中一個婦人飛奔而出，小丑出來阻止觀眾跑到場子去。那婦人抱住王子，他的金髮掉下來，露出黑髮，原來他戴的是假髮，這下連華麗都認出來了，他是唐唐，那個婦人應該是他的媽媽吧，果果也撲上去三個人抱成一團。這時觀眾發出噓聲，抗議俄羅斯馬戲團，讓臺灣小孩當空中飛人。

「退票！退票！」有些人要求退票，有些人熱烈鼓掌，大多數人紛紛離去，節目已到尾聲，何況他們表演得十分精彩。華麗他們在出口碰到徐公主和王美人，她們垂頭喪氣的，想必知道自己被打敗了。

7 緊急會議

看了唐唐和果果的表演，大家召開緊急會議，許多人認為唐唐果果才是真正的王子和公主，但是徐公主和王美人都不願認輸，徐公主說：

「我們是經過民主程序產生的候選人，除了登記，還透過篩選，以及每個階段的競賽，他們什麼都沒有，就想一步登天？」

「我承認他們很不錯，但是他們有沒有競選意願呢？」

「對！去問他們。」

「我去問吧！一大堆人好像在吵架。」華麗說。

他們約在操場邊的草地講話，華麗說：

「看了你們的表演，好崇拜哦！我也想當空中飛人、魔術師，我可不可以加入你們的馬戲團？」

「不是你所想的那麼完美，從有記憶起，我們就被迫作種種練習，為了表演我們到處流浪，沒有自己的家，沒唸過幾天書，我媽捨不得我們過這種不正常的生活，一天到晚跟爸爸吵架，她原來是爸爸的魔術公主，又是飛刀女郎，她的表演才真的是出神入化呢！有一天她突然走了，可是她沒有真正離開我們，只要她有辦法就來看我們表演，她說她要護著我們，現在她已為我們準備一個家，希望我們跟著她。」

「好幸福哦！」華麗說。

「可是我爸爸沒有魔術就活不下去，他不會放我們走的。」

「勸他？求他？下跪求他？」華麗說。

唐唐果果搖搖頭皺眉頭，華麗說：

「這也不是什麼天大了不起的事，事情總會解決的，我爸說皺一個眉頭死一百萬個細胞哦。我想當你們的巫師，潘安退出選舉，他要當你們的武士，我們要幫助你們成為真正的公主和王子！」

「我不想當王子，只想當普通人，可以跟一般人一樣上學，有爸爸也有媽媽。」

「我也是。」

「再說我們可能隔不久就要走了。」唐唐說。

「那你就為我吧！我想當空中飛人想瘋了，你才是我心目中的公主，你們只要參加最後一個階段的尋找皇冠的活動就好，就像郊遊和遊玩一樣！我沒得失心，就是好玩好吧？」

「好吧！我們從來沒跟同學出去玩過。」唐唐果果互看一眼同時說。

「遊戲是怎麼進行呢？」唐唐問。

「皇冠和藏寶圖由巴夏花的族人藏在大武山上，我們分五隊進行，東方西方公主，加上南方王子，現在多了唐唐王子跟果果公主，潘安退出當唐唐的武士，我當果果公主的巫師，巴夏花會找五個族人當我們的嚮導，他們每個都是爬山高手，為了我們的安全我們只爬到夢幻湖，在那裡露營並舉行加冕典禮。很棒吧！爬山兼露營。」

「聽說夢幻湖很美，像夢中之湖一樣。」

「是啊！聽說看一眼一輩子難忘。」

「我們要登上大武山囉！記得要帶登山配備哦。」

8 登上北大武山

為了安全起見，許多有登山經驗的家長都來了，因此每隊都有好幾個領隊，華麗的爸爸媽媽也參加，潘姑姑跟大胖子叔叔也來了，大家都穿登山鞋，有的還穿登山背心，背包裡除了糧食水壺，還有手電筒、羅盤、登山繩、睡袋、薄夾克，因為聽說山裡的晚上很冷。

出發那天，徐公主全身都是粉紅色，連登山鞋也是粉紅，像隻粉紅豹，王美人全身銀灰，還有護肘護膝手套鋼盔，像無敵鐵金鋼。F5頭上還擦油，穿垮褲到處是破洞，他們的原民嚮導說：

「穿這個破褲子爬山是不行的啦。山上有毒蛇，很危險的啦。」

「那怎麼辦？我們沒有多的褲子。」

「我這裡有件雨褲，穿起來包準安全的啦。」

F5穿上雨褲，帥氣馬上銳減許多，可是為了安全起見，也只好妥協。他們集合在來義橋頭，從這裡分五路出發，途中會經過巴夏花的家泰武，在那裡用完午餐，預定在下午五點在檜谷山莊會合，然後在這裡紮營舉行營火晚會，第二天早上下山，在下午五點前結束這場活動。

華麗這一隊後來稱為果果公主，潘安輔佐的是唐唐王子，華麗的爸媽、潘姑姑大胖子叔叔是大臣，嚮導當然是大將軍，華麗來過這裡，所以一點都不怕，他們走上山，回頭看整個屏東平原一覽無遺，房子變得好小，隱約可以看見自己的家，卻被許多建築物擋住。

走進黑布森林，一望無邊的森林，四周黑漆漆，地面長滿水芋和蕨類植物，還好大將軍找到有人開路的便道，走起來較安全，樹林裡面非常陰涼，大家覺得好舒服，走了不知多久，突然出現一個圓形的空地，圍繞著一棵巨大的樹木，華麗問：

「這是作什麼的？」

「這棵樹是我們的聖樹啦！獵人打到獵物就在這裡拜拜，把獵物獻給樹神。」

「現在還有野獸可以打嗎？」華麗爸爸問。

「有山羌最多，還有山雞、飛鼠，再進去一點還有山豬，不過我沒獵到過，嘿嘿！」大將軍不好意思直搔頭。他的肌肉很發達，卻有一張很可愛的臉，華麗覺得他長得有點像范逸臣，個子小好幾號，皮膚也較黑。

他們在聖樹旁吃午餐，大將軍吃了幾個飯團，喝了一大罐礦泉水，說：

「雖然我沒有獵過山豬，但我很會爬樹和做泰山。」

「什麼叫做泰山？」華麗問。

「我表演給你看！」

說著他飛快地爬上樹梢，發出「哦伊哦！」的呼嘯，然後攀著樹藤在樹與樹間飛來飛去。

「我也會，我也要玩！」果果說。

「你太小太危險了！」范逸臣大將軍說。

「果果公主很會飛，她是空中飛人哦。」

話還沒說完，果果已爬到樹上，攀著蔓藤飛來飛去，身手十分矯捷，華麗看得眼花撩亂，這時果果說：

「再上面可以看得很高很遠哦！咦！我好像看見一個亮晶晶的東西在那邊的一棵樹上！」

「皇冠，一定是皇冠！在哪裡？」華麗說。

「那邊！」

「放得好高，這裡樹木這麼濃密，一般人是看不見的。我爬上去拿。」范逸臣大將軍說著，飛過好幾棵樹，爬到最高的一棵樹上，拿到那亮晶晶的皇冠。

華麗一眼就認出那是潘安做的捕鼠強皇冠，大家一齊歡呼：

「果果公主萬歲！果果公主勝利！」

他們一行人繼續往目地地邁進。

潘安和唐唐走的路線是行經泰武再爬到檜谷山莊，大多數人在巴夏花的家會合午餐，村民都拿吃的東西為他們加菜，潘安、大胖子叔叔和一些調皮的男生偷喝幾口小米酒，開始顛顛倒倒的，直喊頭昏，然後睡得像死豬，其他人都去找皇冠，唐唐逍遙地坐在山崖邊看風景，這是第一次他跟果果分開行動，當果果找到皇冠時，他似乎有什麼感應，也爬到樹上，看到山壁上有個小瀑布，拿出背包中的繩索，套到鄰近瀑布的大樹上，然後攀爬飛過去，穿過瀑布，這時看見藏寶圖和皇冠放在瀑布後的山凹中。唐唐拿著藏寶圖，回到休息處等同伴睡醒。

潘安他們睡醒，看到唐唐手中拿著皇冠和藏寶圖，揉揉眼睛說：

「怪了！我是不是還在作夢，我好像看見皇冠，還有唐唐。」

「那是真的，糟糕！我們竟然睡著了。」

「趕快去會合，遲到就不能參加加冕典禮了！」

他們一行人加快腳步，奮力往前行，總算在五點過十分到達檜谷山莊，這時許多人已經在紮營，升營火，準備化裝比賽，有的人扮成小丑，有的人扮成女巫，每個人化裝後幾乎看不出是誰，這時一個女泰山跳到潘安面前說：

「哈囉！你們遲到了，說好遲到的要跳草裙舞。」

「你是誰！我看你跳草裙舞比較適合。我看你就穿草裙。」

「耶！我是保護果果公主的巫師呢。她將成為真正的公主。」

「華麗！是你。」

「哈哈哈！我已經為你們準備好草裙了。」

營火晚會開始，第一個節目就是草裙舞，但見大胖子叔叔、潘安和遲到的男同學穿著草裙，在大溪地音樂中，扭來扭去，大胖子叔叔還搔首弄姿，有的人亂跳一通，跳得大家笑倒在地上，表演完草裙舞，就是加冕典禮了。這時由潘姑姑當節目主持人，她說：

「現在先請找到皇冠的公主，和找到藏寶圖的王子走出來。」

這時唐唐、果果、徐公主、王美人各捧一個皇冠走出來，大家先是尖叫然後發出噓聲：

「有人作假！皇冠只有一個，怎麼統統有獎？」

「她是假的！我才是真的。」王美人說。

「我的皇冠最美，我才是真的。」徐公主說。

「我的是水鑽，我才是真的。」

這時F5和唐唐也各捧一張藏寶圖出來，大家吵成一氣，潘姑姑說：

「停！停！有人動手腳。」

「誰動手腳？趕快出來自首，否則我要發脾氣了。」大胖子叔叔像金剛一樣雙拳猛捶胸部，這時唐唐和果果一起走出來說：

「是我們，爸爸跟媽媽昨天先上山多藏了好幾個皇冠和藏寶圖，我們希望每個人都是公主和王子，我們幾乎天天扮公主王子，已經沒有感覺了，應該讓沒當過的都當當看。」

「對！我們也要當公主。」那些不是公主候選人的女同學說。

「我們也要當王子。」那些非王子候選人說。

「表決！表決！」

表決的結果是每個人輪流當公主王子，那些意外當公主的人戴上皇冠

時，驚喜得哭了，華麗為幾十個公主王子朗頌華麗頌，多到語無倫次，整個營火晚會幾乎沸騰，最後唐唐果果還表演魔術和疊羅漢，精湛的表演讓大家都樂瘋了，這是一個魔術的夜晚，大家都是公主，也都是王子。連華麗也戴過捕鼠強皇冠呢！

9 萬象馬戲團

近幾年來標榜新型馬戲的「萬象馬戲團」，結合馬戲與雜技表演，由專業舞者與表演者，演出挑戰身體極限與新穎的舞臺技術，絢爛的化裝與舞臺裝置，讓人心醉神迷，每到一處演出，總是萬人爭睹，一票難求，一張票賣到一兩萬，他們新鮮亮麗的演出，讓舊式馬戲團備受威脅，果果與唐唐的俄羅斯馬戲團快要經營不下去了，米爸爸與唐唐展開祕密訓練，想應徵「萬象馬戲團」，米爸爸的專長是魔術與飛刀，但現在會玩魔術的實在太多，米爸爸轉而鍛鍊難度較高的玩水晶球舞蹈，兩手各玩一個大水晶球，一面跳舞；唐唐練軟骨舞蹈與空中繩索舞蹈。

經過幾個月的密集練功，去應徵「萬象」，沒想到競爭如此激烈，光臺灣地區的應徵者就有一千多，都是來自各個劇團、雜耍團、小馬戲團的表演者，還有一些街頭藝人，一個個身懷絕技，結果只錄取兩個，一個是小有名氣的舞臺劇演員，一個是唐唐，是以儲備演員被錄取，也就是要經過幾年訓練才能上臺，米爸爸被刷了下來，唐唐不願離開爸媽和果果，哭著說：

「我哪裡都不去，我不要離開家，管他什麼大象馬戲團。」

「唐唐，你知道這是多麼好的機會？這是爸爸一生最大的夢想呢！」

「我不要，我不要！我們好不容易有個家，又有許多好朋友，我不要離開你們。」

「孩子的爸爸，算了吧。我也捨不得唐唐，聽說裡面訓練很嚴格，因為成員太多，許多人連上臺的機會都沒有，或者只當個撿場或小角色。」米媽媽說。

「那我跟著他跑，保護他。」

「別傻了，光機票錢跟旅費就是筆大錢。」

唐唐被錄取後展開魔鬼訓練，每天練習軟骨功、空中繩索，還要他學唱歌跳舞，和他一起接受訓練的還有一些未成年的小孩，萬象馬戲團基本上是不讓未成年小孩上臺，但是課程要求很嚴格，有一個老師專攻少林寺武功，大家都叫他多師父，萬象以西方馬戲與劇場為主，排斥中國雜技與武術，他在臺上表演的是武功加舞蹈，他覺得唐唐是練武的料，對他特別訓練，重點在少林拳與棍，因為這兩種在表演上較無危險，且小孩子耍更好看。

為此唐唐的父親特地訪求多師父的少林寺師父，並帶他至大陸拜師，老師父年高七十五，已關門不再收徒弟，但唐唐每天都去跪山門，唸心經百遍，如此師父終於肯見他，那是個老瘦到腰已內縮的老和尚，他說：

「我見你們是要勸你們回去，如今少林武功已經變成一門紅火的生意，我是出家人，不喜歡這個，所以你們回去吧。」

「師父，我知道我原只是個表演馬戲的飛人，現在進入萬象馬戲團才來求你教導，這想法太現實，但我已跟多師父學了一段時間，是真心喜歡。」

「是多空嗎？」

「是，他已還俗。」

「那是被我趕出去的徒弟，也是業障未了。你打一段給我看。」

唐唐打了一套拳，又玩了一陣棍，老師父看完原來閉著眼，許久後睜眼說：

「是有些天分，跟我也有緣分，你可以留下，但是頂多一年，你就得離開。」

「遵命，師父。」

老師父教唐唐拳法，少林拳術有三合拳、咬手六合拳、開手六合拳、耳把六合拳、踢打六合拳、走馬六合拳、十五合裡外橫炮、二十四炮、少林對拳、一百零八對拳、華拳對練、接潭腿等，拳分南北兩派，南派重拳，北派重腿。

多師父教唐唐三合拳與接潭腿，少林拳的特色是突出一個「打」字，身的收放，步的進退，手的出入起落，一氣呵成，手法簡潔，清晰明瞭。

套路完全從實戰出發，拳打一條線，拳打臥牛之地，曲而不曲，直而不直，滾出滾入。攻守呼應，吞吐相合。拳如流星眼似電，腰如蛇行步賽黏。

從頭開始的真功夫訓練，唐唐的進步很快，大約一年之後，就能作武術表演，他特別會舞棍棒，練得讓人喜愛，一群小朋友各自身懷絕技，對西方人來說，簡直不可思議。他另一絕技是融合武術與水晶球，唐唐爸爸把舞水晶球的技藝傳給他，唐唐學得很快，在美妙的動作中，人與球結合為一體，讓人看得如痴如醉。

新的馬戲時代來臨，融合歌舞、戲劇、舞蹈、各式各樣的身體展演，網羅世界好手，被挖掘的人一夕暴紅，簽約都是短期，只要有好手，就會被取代，在那種高競爭高壓力的環境中，是否適合孩子呢？萬一過兩年，進入青春期，還能繼續吸引觀眾嗎？如此錯失了教育，划得來嗎？

唐唐爸媽討論思考很久，一直無法作決定，唐唐說：「爸媽，你們不用擔心，有了萬象馬戲團的約，我們可以存更多錢，也會被邀請上電視表演，就算離開也會很多人爭取，我知道你們擔心我的學業，但現在有視訊、線上教學，只要打開電腦就可上課哦。」

華麗與潘安還有媽媽們都來勸說，老師也出動了，她說：

「現在學校要推自主學習方案，只要提出申請，也可以通過網路教學或其他自主學習，也可以通過考試，取得學歷喔。」

「真的，那我也要。」潘安說。

「你會自主學習？我看是自主遊玩吧！」華麗說。

「那你就能嗎？」潘安反擊。

「我喜歡上學，但如果我申請，一定比你強，但什麼是自主學習呢？」華麗問。

「這是針對一些不能適應學校體制，或者因生病或特殊原因不能來學校上課的小孩而設，我也打算開線上課程，作為我的教書生涯第二春。」老師說。

「我也可幫你作上課筆記哦。」華麗說。

「我寄課本給你，幫你整理重點哦。你放心地去吧！」潘安說。

「去去去，烏鴉嘴，什麼叫放心地去，以你的國文水準還是不要吧。」

唐唐終於上台軋一小角色，為此他們又去捧場，加入中國武術表演的萬象馬戲團，經過不斷更新的劇目與更強大的陣容，門票一下子被訂光，這是新的馬戲，有炫麗的聲光劇場效果，也有來自世界各地的頂尖好手，融匯東西方雜技，看得讓人屏息與沸騰，當唐唐表演空中飛腿與棍棒時，大家拍手連連，很會飛的他，跳得比別人高，舞棍時特別威風，華麗看完開心地歌頌：

去去去，俄羅斯馬戲團

來來來，萬象唐唐小師父

棍棒無人能敵

拳腿打遍天下

馬戲結合武術

古今第一威

威威威　正宗武林小神腿

神神神　飛人如今變仙俠

10 悲傷的分離

萬象馬戲團表演之後，有三個月長假，唐唐決定跟著爸爸隨俄羅斯馬戲團到處表演，只要表項目不同就不違約，他依舊表演空中飛人，果果留下來陪媽媽，她們在鎮上租了一個小房子，剛開始果果很開心，功課也進步了，果果的媽媽每天都會為果果送便當，她長得很像傳娟，笑起來很甜。有時她會留下來當愛心媽媽，幫他們照顧班兔，帶點心給他們吃。唐唐走後，果果常常自言自語：

「唐唐想媽媽，唐唐想果果，我知道，我知道。」

「唐唐什麼時候回來？什麼？還要三個月。我不要。」

「唐唐羨慕果果可以陪媽媽，唐唐好可憐！」

有時華麗跟果果說話：

「我們一起去借書好嗎？」果果好像沒看見也沒聽見，好像她只看得見聽得見唐唐。華麗為了拯救她，去問巴夏花，她的巫術也算厲害的，巴夏花說：

「她這叫靈魂出竅，也就是她的靈魂跑到很遠的地方去了。」

「那怎麼辦呢？」

「讓我想想，拉希拉希波西波西，嗯，我知道了，可以在閃電的時候，把唐唐跟果果的衣服疊在一起，然後分開來？」

「現在是秋天，哪來的閃電？」

「別急！我說會有就會有！我們先去找果果媽媽拿衣服。」

放假時華麗跟巴夏花去找果果媽媽，她們住在郊區的房子，後面有個大院子，裡面的樹很高大，樹上掛著軟繩梯，果果一個人在兩棵樹間飛來飛去，果果的媽媽坐在樹下哭，看到我們來說：

「自從唐唐走後，她就是這樣，一個人飛來飛去。」

「好好玩哦！我也要學飛，我現在的夢想是當空中飛人，果果媽媽可以教我嗎？」華麗說。

「你不怕嗎？很高很危險喔。」

「我不怕！」

「那裡有個鞦韆，先從盪鞦韆開始吧。」

「我對巫術比較有興趣，果果媽媽，可以給我唐唐果果的衣服各一件嗎？」

「你要作什麼呢？」

「我要作法救果果。」

「好，我去拿。」

這之後每個假日華麗和巴夏花都會到果果家，一個學飛作空中飛人，一個作法等閃電來，華麗飛得越來越好，她可以飛得很高，然後在空中放手，當她在空中和果果交會時，果果根本看不到她，她自己飛得很高很高，好像要飛到空中去。會飛的感覺真好，華麗太高興，一面飛一面唸：

你會飛我會飛
大家在空中交會
你要飛上青天
我要飛上太空
唐唐尋找果果
果果尋找唐唐

越飛越高越飛越高
越高越飛越高越飛
飛高飛高高飛高飛

這樣大約過了兩個月，有一次果果華麗在飛的時候，空中突來一陣閃電，巴夏花把疊好的衣服分開，這時又起大風，衣服飛起來，唐唐的衣服飛到華麗身上，再來一陣大閃電，華麗飛向果果時，果果對華麗喊：

「唐唐，你回來了！好棒哦！我找到你了。」

「完了！我變唐唐了，巴夏花你的巫術好爛，你把我變成唐唐了。」

「我好開心，唐唐！你放手，我要飛過去了。」果果說。

華麗雖然學飛一個多月，還不敢放手，但果果倒吊腳掛在繩梯上，雙手張開準備迎接華麗，好幾次兩人交會，華麗沒有放手，果果急了：

「唐唐，你很勇敢的，不要怕，放手，飛向我！抓住我！」

禁不起一再催促，華麗閉著眼睛在交會時放手，沒想到兩個人抓到手，變成雙人飛，華麗高興地大喊：

「我會飛了！我是空中飛人！」

回到地面，果果追著華麗直叫唐唐，華麗哭笑不得，只有拚命跑讓她追。在學校，果果不斷挨著華麗講話，走到哪裡跟到哪裡。華麗躲到廁所，巴夏花剛好在隔壁間，華麗求救：

「怎麼辦？快把我變回來。」

「我在想辦法，我的法術不夠，回去問我們的老巫師。」

「唐唐，唐唐，你在哪裡？」沒想到果果找到女生廁所來了。

「他在男生廁所，唐唐是男生耶！」巴夏花說。

「哦！那我過去了！如果看到唐唐要告訴我哦。」

華麗藉機溜回班上，徐公主王美人唉聲嘆氣：

「好無聊喔！公主選拔賽完畢，一點都不好玩，上課也沒意思了！」

「不會呀！我覺得好玩的事太多了。」華麗說。

「有什麼好玩的？告訴我們，要不然無聊斃了。」

「華麗最近在學做空中飛人，她飛得不錯喔！」巴夏花說。

「我不想做空中飛人，我想當魔術女郎，那比較淑女，飛來飛去，太野了。」徐公主說。

「我想當飛刀女郎，好神氣。」王美人說。

「我們一起到果果家學，叫果果媽媽教我們。」徐公主說。

「好啊！這比公主選拔賽有趣多了。」尤利說。

「你們在嚷嚷什麼？有什麼好玩的，我也要參加。」潘安湊過來說。

「你啊！你去表演猴子騎腳踏車最適合。」華麗說。

從此她們每個週末到果果家玩，果果媽媽教徐公主當魔術女郎，又教王美人丟飛刀，潘安扮小丑，他偶爾也學猴子騎腳踏車，逗得大家哈哈大笑。現在華麗比較不會躲著果果，她扮唐唐跟果果對答如流，兩個人默契越來越好，在空中飛得跟唐唐一樣好。

漫長的暑假來到，大家都很興奮，幾乎天天在果果家練魔術，現在徐公主會變撲克牌，也會從帽子裡變出鴿子；王美人的飛刀也越來越準，剛開始用假人練習，慢慢的可以在真人面前丟飛刀。

有一天果果的母親拿著信憂心地告訴大家：「唐唐和爸爸在泰國病得很重，他們很想家，可是又得表演怎麼辦？」

「唐唐病了，爸爸也病了，我要去找他們。」果果說。

「不如我們一起去，陪果果和阿姨，反正泰國又不遠，要爸媽組一個團！」王美人說。

「哦！泰國好像有真正的公主，我要去看公主。」徐公主說。

「我們趕快回去告訴爸媽！」

大家回去商量的結果，由華麗的爸媽帶隊，潘姑姑和大胖子叔叔也參加，其他的父母一時走不開，就由領隊代為照顧，參加的小朋友有華麗、潘安、徐公主、王美人、巴夏花和尤利，加起來一共十人，又請領隊找了一個導遊全程帶領，食宿都安排得很妥當。

到了泰國，大家把行李安頓好，就趕到馬戲團表演場地，在後臺看到病歪歪的唐唐和爸爸，他們眼睛都紅了，唐唐抱著媽媽一直流眼淚。果果也跟他們抱在一起，華麗終於鬆了一口氣。

「你們病成這樣也要你們表演？太不人道了。」大胖子叔叔說。

「票都賣出去了，再說他們也缺人，這一路下來，很多人病倒了，上吐下泄。」

「可能是急性腸炎，我看看。」華麗爸爸說。

「爸！你不是獸醫嗎？看人準嗎？」華麗說。

「這是小病，我還可以，先開一些藥給你們服用，我帶了藥來。」

「真是太感謝了，趕快吃，也許等一下可以上場！聽說今天皇后和公主要來看。」唐唐爸爸說。

「你跟唐唐病成這樣還上場！我不准！我來代替你們，但我需要助手，果果你準備好了嗎？」唐唐媽媽說。

「準備好了！」果果說。

「阿姨！阿姨！我也準備好了！我也要上。」大家七嘴八舌的說。

「你們表現得很好，可是這種表演是有危險性的，我不能作決定。」

「防護措施做好一點，跟觀眾說這是業餘表演團。」大胖子叔叔說。

「對！我們叫『黑布森林魔術團』！我們遠從臺灣大武山來表演。」華麗說。

「對！對！對！」大家一起歡呼！

今天的節目不太一樣，俄羅斯魔術團加上黑布森林魔術團。主持的小丑叔叔搞不清楚，把他們介紹成來自臺灣大武山的原住民小巫師。當徐公主穿著公主裝，出現在臺前，大家都驚訝於她的尊貴氣質，這場魔術表演由果果媽媽表演魔術，徐公主當助手。其中最精彩的是「公主不見了」，但見徐公主裝在一個玻璃櫃中，蓋上黑布，在一陣音樂中掀開黑布，公主不見了，再蓋上黑布，公主又出現了。

在獅子跳火圈，大象特技表演之後是飛刀表演，但見王美人穿著武士裝先出場，然後是果果的媽媽表演飛刀手，王美人很勇敢一點也不退縮，因為有危險性，大家都很緊張，但是她們的表演很精彩，刀刀神準，引來熱烈的掌聲。

接著是空中飛人，果果看到唐唐，意識恢復正常，她跟華麗說：「謝謝你在唐唐不在的時候，扮演唐唐，你跟唐唐一樣棒，一樣勇敢，我們一起飛吧！」

華麗打扮成王子，果果打扮成公主，她們一出場就博得熱烈的掌聲。當她們站在繩梯上，下面好多觀眾，也張著一張大網以防萬一。華麗好興奮，一點都不害怕，因為下面有爸爸媽媽，還有許多可愛的朋友在看著她們。

她們的表演很成功，連華麗都不敢相信自己可以做到，她以為不久就會摔下來。大家高興得互相擁抱，每個人的夢想成真，反而像作夢一樣。

最後是大胖子叔叔和潘安裝小丑，兩個人跌來跌去，大胖子叔叔拍拍屁股說：

「你們相信我第一次扮小丑嗎？這個小王八蛋也是！他們的表演棒不棒？什麼？普普通通？這是當然！因為他們都不是專業的團員，他們是大武山之子，有愛心有信心有耐心只為了幫助朋友，幫助一家

團圓，今天才來這裡獻醜，為了表演魔術，他們一家離散，小孩不能正常上學，雙胞胎被迫分開，你們覺得好笑嗎？你們還認為他們普普通通！」

這時滿場掀起熱烈的掌聲，久久不停。皇后和公主也來後臺看我們，公主穿著桃紅色的沙麗，上面都是金色圖案，她一一跟他們握手，並小聲地說：「我也好想當空中飛人哦！」她的皮膚黑黑的，長得也很普通，可是可以看到真正的公主，徐公主高興得當場昏倒。華麗也終於完成公主華麗頌：

你公主我公主大家都公主
真公主假公主碰到就知道
有愛心有信心加上有耐心
萬事都可能難也難不倒
只有不相信的人才昏倒

第二部

11 蛋蛋姊姊

從泰國回來後不久，華麗的新媽媽即將生下弟弟，華麗要當姊姊了，她一直想像要是有個弟弟或妹妹多好。班上同學有兄弟姊妹的羨慕獨生兒可以獨享父母的愛，但是自認識唐唐果果，都想要有這樣可以連心的兄弟姊妹，班上扮演兄弟或姊妹的很多，其中徐恭竹與王梅仁成為姊妹最勁爆，她們從競爭對手變成密友，恭竹的生日比梅仁早三個月，兩個人整天姊姊妹妹叫個不停，還會玩唇語術與讀心術。為了不讓人聽見她倆說話，兩人相對只有口型沒有聲音，而且常很有默契地消失或出現。華麗原想認巴夏花作姊姊，沒想到太搶手，她已收了三個妹妹；只剩下潘安與華麗沒人認，華麗原就一直要潘安叫她姊姊，潘安死不肯叫，看到她就逃，華麗追著叫：「弟弟，我們也來說唇語。」

現在她就要有真正的弟弟了，只能是弟弟，她會叫他「魯魯」，自己叫「蛋蛋」，因為她最喜歡吃魯蛋了，她每天聽媽媽的肚子，對著肚子叫「魯魯弟弟」，媽媽笑瞇了眼睛說：

「還不知是弟弟或妹妹呢。」

「真的嗎？那我一直叫他弟弟，他會變成弟弟嗎？」

「你為什麼喜歡弟弟呢？妹妹不也很好？」

「唐唐跟果果就是姊弟，他們好好喔。或者生雙胞胎，一個弟弟一個妹妹也不錯，那弟弟叫魯魯，妹妹叫皮皮，我叫蛋蛋。」

「有可能喔，媽媽因為不孕症，去做試管嬰兒，做這種手術，常會生雙胞胎的。」

「耶，那我就同時有弟弟跟妹妹。那媽媽，你會不會不喜歡我了？原來當獨生女也不錯，你們只愛我一個，以後你們會沒時間愛我吧？」

「傻孩子，愛只會增多，不會減少的。」

雖然媽媽這麼說，華麗還是不懂「愛只會增多，不會減少。」這句話的意義，一面嘀咕一面走進爸爸的看診間，爸爸正在為懷孕貓咪看診，貓看來沒精打采，給牠乳酪都不吃，勉強吃了也吐出來，只有聞貓草時稍有反應，兩人一起逗弄牠：

「牠怎麼了？」

「懷孕厭食症，吃什麼都吐。」

「原來懷孕這麼慘啊，爸爸，生孩子這麼難受，母貓不會討厭小寶寶嗎？」

「不會啊，母愛是天生的，母貓會到處覓食餵飽孩子，一旦有人發現小貓躲的地方，馬上叨走。而且現在的貓也跟人越來越像，也會有憂鬱症、分離焦慮、厭食症……。我快變心理醫生了。」

「那愛只會增多，不會減少是什麼意思？」

「喔，我就知道你找我有問題，誰告訴你的？」

「我問媽媽，生了弟弟後會不會不愛我，她回答我的話，我聽不懂。」

「來，坐在爸爸大腿上，我說給你聽。你看啊，母貓一胎少的兩三隻，多的四五隻，牠對每個小孩的愛都差不多。一個人怎麼愛這麼多人呢，只要她想愛，愛多少人都沒問題的，你看德蕾莎修女，她的愛只會隨著需要她的人越多，她的愛就會增多，媽媽要告訴你的就是這意思。母親愛每個孩子，孩子越多，她的愛越多。」

「我好像有點懂了，那爸爸呢？」

「爸爸只會更愛你，為什麼呢？因為我是動物心理醫生，我最懂你的心思，你怕被冷落，但是華麗，弟弟或妹妹生下來，需要大量的時間照顧他，可能比較少時間照顧你，但只要你相信爸爸媽媽是愛你的，而你快十一歲了，跟小貝比比，你很大了，你也可幫忙照顧，如果你愛他的話，那你會變強大了，愛也變多了，爸媽只有更愛你，在愛你的同時也感激你。」

「我懂了，只要不老想著自己，不自私，懂得愛人，那麼愛只會增多，不會變少。」

「你真有悟性，是爸爸的好女兒，你看貓似乎懂得我們在說什麼，眼睛好有神采，快餵牠點吃的。」華麗餵母貓吃貓罐頭，牠吃了一些，似乎又有了新的活力。

媽媽的肚子越來越大，像吹氣球一樣比一般孕婦大許多，醫生檢查是三胞胎，而且三個都是妹妹，華麗想這也太誇張，她要的明明是弟弟，卻來了三個妹妹，她忽然覺得壓力沉重，媽媽問她：

「怎麼？不喜歡妹妹？」

「如果是一個弟弟，一個妹妹，我還能接受，但三個……，實在太多了。」

「如果她們一個是公主，一個是美少女戰士，一個是巫師呢？」

「這樣好像不錯，那我可以當保護她們的武士，組成無敵公主團，那我們家就是無敵城堡，爸爸是無敵國王，媽媽是無敵皇后。」

「是的，蛋蛋姊姊，不，蛋蛋武士。」

「等等，我想到了，她們一個是魯魯公主，一個是皮皮美少女，一個是番茄巫師，我是無敵蛋蛋蛋武士。」

媽媽與華麗都因為這無敵夢笑開了，華麗寫下這個美夢：

無敵國無敵公主團
遙遠的地方有個無敵國
無敵國有個無敵公主
她的名字叫魯蛋
魯蛋的妹妹是皮蛋
魯蛋公主與皮蛋公主美麗無雙
魯蛋的妹妹是番茄蛋
番茄蛋巫師魔法神威
她們的大姊姊是蛋蛋蛋

蛋蛋蛋武士智勇雙全
保衛公主成為超級無敵公主團
無敵國王是野獸之王
無敵皇后慈愛無邊
無敵國天下第一
宇宙無敵

從此華麗盼望妹妹們趕快降生，懷孕到後期，媽媽的肚子大得像熱氣球，體重多了二十多公斤，原本纖瘦的媽媽像隻大象，走路很吃力，躺著更難受，只有成天坐在沙發椅上，華麗常幫她跑腿遞東西，善盡武士的職責。

等到三胞胎降生，無敵公主團到齊，三個妹妹因不足月剖腹生，在保溫箱裡住了一個月，小華麗幾乎天天去看妹妹，她們紅通通的，就像小瓶子一樣迷你，頭圓圓光溜溜的，紅通通看來真像番茄。等到妹妹出院那天，爸媽才讓她抱妹妹，每個都好小好可愛，雖然請了傭人來幫忙，三個蛋蛋的來臨，把家變得更像野獸王國。

也因為這個月媽媽特別疲倦脆弱，又要哺乳又要作月子，作月子好像病人住院，不能見客，懷孕與生小孩的辛苦，讓華麗覺得媽媽真偉大，她常主動幫媽媽端吃的，或跑腿買東西遞東西，最期待的是洗澡時，爸爸跟請來的阿姨手忙腳亂，分兩個洗澡盆接力洗，華麗在旁邊幫忙，她覺得爸爸好像比洗小狗更慌亂，嬰兒軟軟的身體很難掌握，一不小心就溜到水中，奇怪的是，她們沒有哭，父親說嬰兒是在羊水中長大，天生不怕水，有的還會潛水游泳，真是太神奇了！她們在洗澡時看來很快樂，就像溫柔的蛋蛋。

蛋蛋們都很會喝奶，像吹氣球般長大，長到六七個月，三個已經像蟲子一般到處爬，雖然家裡特別做了一間和室，可讓她們到處爬，華麗還是用棉被做了防禦工事，以免她們爬到地下，為此華麗和爸爸在和室門口打地鋪，有時早上醒來，拉開門，三個蛋蛋都醒著，已爬到棉被下，她們看到華麗手舞足蹈，發出迷死人的笑容，華麗覺得狂喜，心好像被扯開，妹妹們不但認得她，還像天使一般可愛，她們才是真正的公主。

華麗越來越喜歡蛋蛋妹妹，她把她們稱一號蛋，二號蛋、三號蛋，因是同卵三胞胎，長得很像，但是華麗可以分辨她們，一號蛋臉圓一點，二號蛋頭髮微捲，三號蛋左眼比右眼大一些，三個都有酒窩，酒窩的大小深淺不一，華麗現在越來越像大姊姊，也像個好武士，對妹妹保護得很周到，她會幫忙餵奶，餵完還會拍背拍到妹妹打嗝吐氣，也會幫忙洗澡穿衣，她最喜歡推著妹妹出去散步，兩臺娃娃車，有一臺是連座的雙子車，她跟傭人推著妹妹在街上走，五個人浩浩蕩蕩，像遊行一般，路人都會圍過來看，讚美妹妹可愛到爆，也誇獎華麗懂事能幹，在她心中妹妹們的可愛比他們說的還要可愛百倍，她為此驕傲不已。

潘姑姑與胖叔叔從泰國回來後結婚，他們就住潘家附近，胖叔叔是通訊行老板，手機與門號一大堆，最近潘姑姑也懷孕了，預產期半年後，會是公主還是王子呢？潘安與華麗為此小小爭論：

「小公主好！你看我妹妹就知道啦！無敵可愛。」

「我要小王子，那就有人陪我打球，我也可組超級王子團，最好是生三個。」

「你是我弟弟耶，幹嘛跟我作對？」

「我現在是哥哥了！叫我哥哥！」

「哼，不理你了！」

半年後，潘姑姑生下一個男嬰，長得很像大胖子叔叔，體重四千多，是超級大號寶寶，小公主喝奶一百CC，小胖子一次要喝一百八十CC，而且三小時就要喝一次，才一個晚上，奶瓶就要用掉四、五支，成長速度驚人，才三個月就九公斤重，跟華麗一歲的妹妹差不多重，小胖子很愛笑，笑聲像鴿子叫一樣響亮，大家都愛逗他，華麗說：

「潘安，明年姑姑再生一個小胖子，你們家就變胖子國了。」

「鬼啦，我很瘦好不好。」

「你偷吃月子餐，也變小胖子了，你們是超級胖子國。」

超級胖
超級胖　胖無敵
遙遠的地方有個超級胖國
國王無敵胖
王子胖無敵
門口擠不進
睡床崩塌了
不怕颱風來
狂風吹不走
還能當地基
國王叫胖胖
大王子叫胖胖胖

小王子根本無敵胖
超級胖國體積無邊
肉肉到天邊

潘安追著華麗要打她，可惜潘安最近胖了一圈，現在追不過華麗，她一下子跑回自己家，潘安只能一直跺腳。

12 森林中的怪婆婆

東南亞表演完畢，唐唐與爸爸終於回家，一家人團聚好不開心，同學們常擠在他們家，要求唐唐教他們表演武功與轉水晶球，那段數太高了，現在連果果也趕不上他，沒想到他進步如此神速，後來大家還是玩飛來飛去，唐唐很認真地教他們：

「飛的姿勢要好看，潘安你太像猴子，華麗像青蛙，飛人表演也是身體的展演，要不慌不忙，姿態優雅。」唐唐現在眼界不同了，有一天他會變成偉大的表演家。

紅布森林住著一個老巫婆，這是很久以來的傳說，聽說她來自喜瑪拉雅山，一個遙遠的雪國，身穿橘色與紅色交織的長袍，綁著頭巾，但很少人見過她。聽說她在雪國想當喇嘛，住了好幾十年，也進入佛學院唸書，但是那時女性還不能當喇嘛，於是帶髮修行，後來年老體衰，就回到南國修養，許多人跟著她修行，但很少人見過她。追隨她的徒弟有些是大有錢人，合資買下紅布森林作為她的道場，並蓋了一棟房子，平常只有幾個信徒在院子裡整理花木，他們還種了些可可樹，南國適合咖啡與可可生長，有不少咖啡與可可莊園，還開了許多可可店與咖啡店，華麗一家常到可可店吃東西，一大壺濃郁的可可，配著杏仁鬆餅，吃得全身發熱，華麗覺得那是世上最好吃的東西，有許多遊客聞名而至，小小的店常是爆滿，小蛋蛋們也喜歡喝，她們現在一歲了剛會走路，一個追一個，不久倒成一排，跌倒也不哭，一起咯咯笑，惹得眾人圍觀，都說她們可愛死了。小蛋蛋喜歡出來玩，又是人來瘋，不久可可店都要鬧翻，無法作生意。這時爸媽趕快抱走她們，連可可也才喝一點，就得回家。華麗喊著：「我不要回家，我要喝可可，才喝一口，我不要走。」無奈爸媽的手腳飛快，才一下下小蛋蛋都回到車上，一個個綁在安全椅上，華麗只得再喝一大口，才不情不願上車。

那巫婆常一個人坐在樹下打坐，或者煮大鍋酥油茶或可可，任人來喝，還有一些大餅，自己卻躲起來不見人，大家都叫她怪婆婆，想到紅布森林有好喝的熱可可，華麗的口水都要流出來，但怪婆婆幾乎不到鎮上來，許多人要求她看前世今生，她只幫「有緣人」看，但什麼是有緣人，華麗很好奇，於是邀了潘安、唐唐、果果一起去探險。到紅布森林騎腳踏車要一個鐘頭，他們抵達之後，走進森林，往怪婆婆的房子走，可可的香氣越來越濃，不久看到一棟白色平房，外面的院子裡有人在整理花草，一個大鍋放在大爐上，香氣就是從那裡冒出來。華麗說：

「那會不會是巫婆湯？」

「有可能，搞不好是飄著可可味的蟾蜍湯，吃了會變蟾蜍。」

「你不用吃，就已經很像蟾蜍。」

這時怪婆婆突然出現在他們眼前，潘安想逃卻被華麗拖住，怪婆婆除了服裝怪，長相倒是很正常，她笑著對他們說：

「你們想喝可可對嗎？」

「不不不，我們不想喝。」潘安說。

「你們不是怕裡面有蟾蜍嗎？來，我是多放一些香草，所以更香，這是我的獨家祕方喔，你們可以來攪看看。」

「我來！」唐唐說，但見他拿著大瓢，攪動大鍋子中的巧克力，

越攪味道更香，也沒攪出什麼東西來，唐唐試了幾口說：

「好好喝，沒什麼怪味道啊？」雖是如此，大家還是不敢喝，過了半個小時，看唐唐沒事，果果也喝了幾口，華麗與潘安堅持不肯喝，他們坐在花園中的石椅，聽怪婆婆講故事：

「二十年前，我是一個喜歡到處旅行的人，沙漠、雪山、聖地，我尤其喜歡到聖地旅行，那裡匯集著巨大能量，在那裡乞丐可能是聖人，聖人化身為流浪者，我常受到高修行者的幫助，他們衣衫襤褸，有的還留著頭髮，化身為醫生、流浪者，一路幫助別人，我跟著他們走到到北印度，決定出家，長住那裡，但是一直沒能達成心願，他們說我太執著於神通。跟著一個仁波切修行，住了十年雪山，寒冷的氣候不適合我，我的身體越來越不好，只有搬回南方，現在只有在這森林中繼續修行了。」

「哇，沙漠是什麼樣子？」華麗問。

「沙漠的前身是大海，是海枯石爛的活標本。」

「那雪山是什麼樣子？」潘安問。

「海拔三千到八千的高原，終年一片皚皚白雪，像世外桃源。」

「那什麼是神通？」唐唐問。

「那就是我受到懷疑的地方，我可以聽見一些聲音，看見未來與過去，但師父說這是一種執著，阻礙我的求道之心。」

「那什麼是求道之心呢？」果果問。

「追求真知，知道你是誰。」

「聽不懂。」大家一起說。

「你們現在不必懂，就讓我怪到底吧！不過會問這個問題，唐唐與果果很有慧根喔！」

怪婆婆似乎特別喜歡唐唐與果果，問了他們許多話，知道他們會表演馬戲，便要求他們表演一小段，果果就著森林中的樹藤表演空中飛人，因著唐唐的進步，她也勤加練習，唐唐把經驗到的都教給她，她現在的技術更加精湛，在飛的時候，在空中作出美妙而難度高的動作；而唐唐今天剛好帶著水晶球，便表演了一套武術與水晶球，怪婆婆看了之後說：

「這麼小的年紀，能作這樣的表演，太了不起了，有沒有興趣來遊樂園作表演啊？」

「雖然現在是休假期，但好像不能隨便接外面的表演，要去問我爸爸，他知道合約的規定。」

「太可惜了，自己家鄉的人沒眼福看到，我派個人去跟你爸爸談好嗎？」

「好啊！我也想在自己家鄉表演！」

「也可以常常聽我說故事喔！」

13 唐唐與果果失蹤

唐唐與果果一家團聚後，曾在華麗小鎮上安定地住過一段時間，怪婆婆派人跟唐唐爸爸討論，他說：「他現在還在培訓期，又是休長假，是可接一些小表演，但不能太長，頂多一個月，一星期兩場，我們會作不同的表演項目，避免重複。」他答應只接附近的表演工作，就在遊樂園裡作表演。這個遊樂園是由紅布森林開發而成的森林遊樂區，裡面保留三分之一的森林，三分之二則開發成跑馬場與兒童樂園，週末通常有康樂與魔術表演，唐唐與果果上台與爸爸表演，媽媽有時軋一角，酬勞雖不是太多，但四人所得勉強可以度日。觀眾更喜歡唐唐、果果的演出，有些人還因這對雙胞胎慕名而來，觀眾日益增多，怪婆婆很喜歡唐唐果果，唐唐果果也喜歡她，她幾乎已取代父親的位置，於是想與雙胞胎簽下長期合約，薪水雖然加倍，但演出的時間變長，連節日與週五都要演出，這會嚴重影響他們的功課，被爸媽堅決推拒。

這惹惱了怪婆婆，因她住在森林的小木屋裡，大家都叫她「巫婆」，聽說她會通靈與法術，且腳跨黑白兩道，凡是惹惱她的都會受到懲罰，這時傳出鎮上有綁小孩集團的消息，把大家弄得人心惶惶，緊盯著自己的小孩，現在連華麗、潘安都被禁止出門，更別說是更小的無敵公主團與「超極胖」，綁架消息傳了一陣子，唐唐與果果突然失蹤了。

大家都認定是怪婆婆幹的，唐唐與果果一定被她藏在小木屋，或者其他地方，報警處理之後，警方搜查小木屋，唐唐果果不在那裡，逼問怪婆婆，她冷冷地說：

「我再喜歡他們也沒這麼傻，嫌疑最重還綁了他們，你們的腦袋也太簡單了吧！」

「孩子在你這邊工作，工作期間失蹤了，你可以說跟你無關嗎？或者你根本不在乎？」偵查的警察從另一個方向問。

「這不是第一次有兒童失蹤，我知道一個跨國靈媒組織『天啟會』，在全世界各地尋找靈童與傳人，去年在印度就有一個小孩失蹤；前年在美國有兩個，這些失蹤的孩子有共同的特色，就是具有通靈能力，而且多才多藝，討人喜歡。」

「你跟這組織有關連嗎？」

「沒有，但我注意這組織很久了，他們的運作是派人鎖定對象，追蹤一段時間，孩子消失的同時，父母會收到一大筆錢，然後孩子會寫信回家，說自己正受嚴格的訓練，受到很好的照顧，一年後可以探望，長大後可以當傳人，並不斷寄錢回家。孩子的父母通常因此不再追究，如果一定要追查，一定會追回那筆錢，而且孩子再無消息。如果你們不相信我，可以去查帳戶，而且這幾天孩子一定有信來。」

唐唐與果果的爸爸去查銀行帳戶，果然有一大筆錢，那數目足夠在鄉下買一棟小房子，隔天收到唐唐、果果的信，筆跡雖潦草，確是他們的字沒錯：

親愛的爸爸媽媽：

我們在這裡生活得很好，一群教母們對我們像自己的小孩，還有一些兄妹們，他們說這是留學與修煉，將來可以幫助許多人，我們不久就會回去看你們，你們不要擔心我們，我們真的喜歡這裡，所有的東西都很美麗，我們也會繼續寫信，請不要擔心我們。雖然我們還是想念著爸媽，為了更好的未來，我們一定會再見，更好的生活等著我們。

唐唐果果敬上

「他們明顯受洗腦與操控了，這不是他們會寫出的話，一定有人授意，他們相中的一定都是比較貧窮的家庭，跟強迫買孩子一樣。這是比較高級的綁架，但還是犯法的綁架，為什麼不問我們的意願？也不露面跟我們接洽，我再窮，也不會賣孩子。我堅持要把孩子找回來，我不要這些錢。」——唐唐爸爸說。

「他們是腳跨黑白兩道的神祕組織，聽說以女人為主，他們從不露面，對外只有代號，沒有人拍到他們的成員，聽說他們除了培養靈童，還寫了『未來書』，預言都很準，但只流傳在一些人手上，他們的組織太嚴密了，又滿世界跑，警方也拿他們沒辦法，要找回唐唐果果，恐怕很難。」怪婆婆說。

「不管，我就帶著他們的媽媽，到處表演，跑遍全世界去找他們，第一封信從印度寄來，我們就去印度找他們，錢我不要了，我要我的孩子！」

「我在國外有一些通靈界的朋友，也許你可跟他們打聽。」怪婆婆說。

「太感謝了，請原諒我們一直誤會你，你的指引太重要了！」

唐唐果果的爸媽，訂了機票，準備個兩三禮拜，印度的簽證較慢，這期間他們打包行李，並拜託華麗的爸媽注意唐唐果果的來信，請他們轉寄到他們寄居的所在，之後會一直保持聯繫，華麗的爸媽答應了，他們瞭解失去孩子的痛苦。

唐唐果果的失蹤讓華麗鎮陷入恐慌，會不會有下一個小孩被綁架？潘安天天緊張兮兮的追問華麗：

「怎麼辦？怎麼辦？下一個會不會是我？」

「安啦！像你這樣的，另有人盯上。」

「誰？誰比通靈巫師團『天啟會』更可怕？」

「相撲大會。」

「鬼啦！」潘安追著華麗打。

「說真的，我更擔心巴夏花，她才是真正的巫師。」

「我不懂，這世界要那麼多巫師幹嘛？」

「因為世界越黑暗，鬼怪就越多，我爸說的，說什麼怪梨亂生。」

「蛤，怪梨，能吃嗎？」

「怪力亂神啦！」潘姑姑笑吟吟地走出房門說，胖叔叔抱著胖弟跟在後面。

「這個生字太難了，五年後再教我，怎樣才能拯救唐唐跟果果呢？不知他們現在怎樣？」華麗說。

「警方跟跨國警察合作偵查，因為太多小孩離奇失蹤，他們一直緊追這案子，應該會有進展。」潘姑姑說。

「已經三個月了，他們寄來三封信，都說他們很好，越是這樣說，越是令人懷疑他們是被操控的。」胖叔叔說。

「就是嘛，我們找巴夏花村裡的巫師問問。」

「對厚，他們有『天啟會』，我們有『排灣嘎嘎』。」

14 排灣嘎嘎

在一個週末，胖叔叔開車載著潘姑姑、潘安、華麗上山找巴夏花，她帶他們去見長巫師，問唐唐果果的消息，巫師採了棕櫚葉，準備了山豬肉祭神，並擺上三顆法石，他拿著棕櫚葉繞著祭品與法石兜圈子，口中喃喃自語，不知過了多久，他停止動作，對法石一拜再拜，然後走回屋內喝了幾口水，坐下來閉著眼睛說：

「我看見他們在一座古堡裡，跟幾個孩子一起，很專注地聽一個老師說話，這老師會作法。他們看來很安詳的樣子。」

「安詳，不是死了才說安詳嗎？」潘安驚叫。

「你國文程度什麼時候變強了？巫師的意思是說，他們很好，至少沒有不好。」

「古堡，那就在歐洲囉，西方的巫師跟排灣的巫師有什麼不同。」潘姑姑說。

「基本上是一樣的啦，崇拜的神不同，我們崇拜祖靈，大多的靈力來自祂，西方巫師崇拜的是更早遠的多神教，大多是女神，所以巫師多半是女的，他們的法器或許是水

晶球或鏡子，占卜與看星象，有時也煉金與藥……」

「就是巫婆湯嗎？」

「那是童話故事的說法，巫法各有不同，但都是為解決問題或醫治怪病，趨吉避凶。」

「那可以告訴我們如何救他們嗎？」

「他們最近應該會有進一步的消息！」

「真的？」大家齊聲說。

「真的。」巫師閉上眼睛，巴夏花點頭說。

那是五月，六月收到唐唐果果的信，竟然是一封邀請信：

親愛的爸爸媽媽及好朋友們：

我們來這裡已經四個月了，非常想念你們，相信你們也想念及擔心我們。現在入門的學習暫時告一個段落，我們可以休息一個禮拜，接受探親，老師們跟我們都歡迎你們來探望，以讓你們放心，快來吧！想到能見到你們，開心得睡不著，等你們喔！我們可約七月七日中午十二點加德滿都的廣場見。

唐唐果果上

大家看了信，都不敢相信自己的眼睛，把信看好幾遍，才發出歡呼，寄信的地點來自尼泊爾，那巫師怎麼說在古堡中呢？也許他們在每個國家移動，華麗爸爸說：

「太巧了，尼泊爾地震後一年了，聽說狀況還很多，我一直想去當醫療志工，因孩子實在帶不過來，一直拖著，現在終於有理由去了，雖然不能長期待在那裡，帶一些醫藥品去也可以，媽媽，我可以去嗎？」

「短期當然可以，我帶瑪麗回娘家住幾天，那裡幫手更多，我爸媽他們好愛這三胞胎，沒問題的。」

「那不要超過兩個禮拜，我可組短期醫療隊，幾個同學也在那裡，加入他們，盡一份心就好。」

「那爸爸，你去看動物的病嗎？」華麗問。

「也有動物受傷啊，再說我讀過藥學系，也有執照，在用藥上也很行哦，這可是對人對動物都通用。」

正好快放暑假，就由大胖子叔叔組團前往，因為蛋蛋小公主與超極胖還小，華麗媽媽跟潘姑姑留下來照顧小孩，這一團限制人數，只有唐唐果果爸媽及胖叔叔、華麗爸爸、華麗、巴夏花、潘安與醫療隊參加，參加的醫生非常踴躍，有中醫、牙醫、家醫、骨科、胸腔科醫生，這加起來也有十二人。

為了克服高山症，他們都吃了一些紅景天等藥物，七月一日出發，飛機在香港轉機後直飛加德滿都，但他們要先前往地是較偏遠的山區，加入醫療隊，由這個村走到另一個村，看到的盡是未被清理的倒塌樓房，以及用鋅片和帳篷搭蓋的臨時屋。

尼泊爾為釋迦牟尼佛的出生地，境內由一千公尺到八千公尺的喜瑪拉雅高原組成，最高峰珠穆朗瑪峰有八八四四・四三公尺，為世界第一高峰，也有聖母峰之稱。

二〇一五年四月二十五日中午十二時十一分，尼泊爾首都加德滿都西北八十公里處七・八級強烈地震，震源深度約二十公里。加德滿都大量房屋倒塌，路面裂開。造成八千六百七十三人死亡、二萬一千九百五十二人受傷，地震同時誘發珠穆朗瑪峰發生多處雪崩，掩沒部分營地，至少十八死、多人失蹤。由於當地是登山旺季，估計雪崩時珠峰至少有一千名登山者，其中約有四百名外國人。二〇一五年襲擊尼泊爾的地震導致約七十萬尼泊爾人陷入貧困，如今距離地震發生已一年，大多數人仍然住在「臨時」住所中，這些住所估計只能維持六至八個月。四百萬災民仍在臨時房屋棲身，許多人怒吼：「地震發生了整整一年，還有那麼多人以帳篷為家！」、「援助究竟用在哪？」

地震動搖了這裡人們的對大自然的信任，這裡原是幸福指數最高的國家，只因他們天性樂觀單純，男人們大多出外工作，村子裡只有女人、老人與小孩，女人們帶著自己的農作或土產，到市集上賣，用微薄的所得供養一家，如此路上、市集、寺廟到處是女人的身影，地震後，男人們回來重建家園，先住進簡單的組合屋，再重蓋更堅固的房子，還好他們有信仰，就算廟倒了，他們還是天天禮拜，這裡有來自世界各地的志工與慈善團體，幫忙蓋房子與學校，並提供衣物與毯子，以度過寒冷的雪季。他們在這裡住了一年，物資也不斷流進來，平地修復速度較快，山區則進度緩慢，在學校重建後，孩子們都回去上學，爸爸媽媽漸漸有了笑容，他們樂天堅毅的個性讓雪山恢復生命力。

他們遇見了許多臺灣志工團，大家見面都很開心與熱情，這是華麗第一次見到人們的善良力量如此偉大，他們都為了自己是其中一員感到驕傲，他們一團先加入山區的醫療站，這裡的藥品很缺，他們帶來的藥剛好派上用場。醫生來自各個醫院，內外科都有，也有心理醫生，在臨時搭建的醫療站幫人看病。大家忙得不亦樂乎。胖叔叔負責電腦業務與通訊聯絡，他很會找人，這麼大一座山，找人是有難度的。華麗爸爸將藥編號，並作成對照表，這樣小朋友也可當小小拿藥師，他們作得很認真，被那些志工的情操感動，因這裡是四千公尺的高度，許多人都有高山反應，症狀是頭暈、走路不穩、嘔吐、吃不下東西，很像暈車兼腸胃炎。潘安因沒乖乖吃一個星期藥，吐得很嚴重，在床上躺了兩天，還送醫院打點滴，出院後很快恢復正常，華麗只有頭一天頭暈吃不下東西，第二天就好了。巴夏花完全沒症狀，她原是山裡來的人。食物跟臺灣很不同，這裡的東西大多做成咖哩，配

著餅或飯吃，沒什麼變化。最好吃的算蒸餃子，他們到加德滿都看潘安時，在一家喀什米爾人開的飯店，吃到蒸餃子與炒飯，好吃得眼淚差點掉下來。他們漸漸適應這裡的生活，沒有手機與電視的世界，讓他們專心於工作，每天走很多路，在山野中玩，並認識當地的小朋友，納沙跟皮加耶，他們還住在組合屋，常跑到醫療隊找他們玩。在這裡四周都是蓋著白雪的山，天空的顏色帶點深藍，花草不多，石頭很多，剛好可搬來蓋房子，這

裡的牛很有靈性，看到人眼睛發亮，還會讓開讓人行走。

這是傳說中的香格里拉，怪不得「通靈會」選擇這裡訓練靈童，很快的，七月七日到了，他們向志工團告一天假，天還沒亮就搭車往加德滿都去會唐唐與果果，在約定的廣場，他們看見唐唐、果果穿得像當地的小孩，被兩個也穿當地服飾的西方人牽著，他們想衝向前去抱住他們，尤其是他們的爸媽，但他們看來很壓抑，眼中掛著淚水，卻不太敢動。

「還我的小孩，你們這樣做是犯法的，警察馬上會來的。」

「這位太太，請你不要激動，孩子不是我們綁架的，他們先被綁架集團帶走，是我們救他們出來的。」

「你們說謊，你們就是綁架集團。」

「這些是綁匪的報導，我們與警方合作的經過，還有筆錄影印，我們到那家咖啡店坐吧！慢慢看。」

一大群人到廣場旁的咖啡店坐，所謂的咖啡很難喝，這裡的水沸點只有攝氏八十度，什麼茶都不香、只有一種檸檬茶好喝，配著超大片的餅乾吃，連麵包吃來都像餅乾：

「我們『天啟會』的組織已有一百多年，是由西班牙的一個通靈的茱莉亞公主創辦的，她因精通巫術，被皇室排斥，輾轉移到奧地利與瑞士，匯集一些通靈師，跟外界幾乎不往來，我們講究的是修行與教育，提升自己與培養新一代靈童，外面的人都不知道我們，我們也很少露面，只有大災難我們才會出現，哪裡有難就往哪裡去，這十幾年我們的重心都在東方，因為大家都預測到連續性的地震，臺灣九二一、南亞、日本海嘯、土耳其地震，還有這次尼泊爾，除了物資上的救援，心靈的幫助更是重要，我們都有參與，但沒人知道我們，我們的重點是重建學校，修復孩童的心，讓他們重新歡笑。你們叫我露西就可以。」其中一個阿姨說，她長得很普通，仔細看又不普通，全身散發著神祕的氣息。

「所以是西方的異教徒或邪教組織？」胖子叔叔裝凶的問。

「不，我們不是宗教團體，是一個靈性修持的學會，說我們是西方的，不如說是融合東西方的智慧，追求一種更自由開放的心靈，藉此幫助他人。我叫湯姆。」自名湯姆的人有點年紀，長得有點像李察吉爾，因為太英俊而有點不真實。

「孩子一定不是自願的，我們想帶回唐唐果果。」他們的爸爸說。

「一切都是自由來去，你可以直接問他們，或者帶走他們。」

「爸媽，雖然很想念你們，剛開始也吵著回家，但是那裡實在太好玩了，我們喜歡那裡的生活，老師真的很自由，沒有限制我們。是我們真的想學習真正的智慧，以前的我太不開心了，老覺得自己是怪物，常能看到一些奇奇怪怪的東西，現在才知那是通靈者的體質，這樣的人不修智慧，會很快變壞，希望你們支持我們，如果你們去那裡參觀，也會不想離開的。再說我們隨時可探望，每年能回家兩次，就當我們是小留學生。」以前從沒聽過唐唐說這麼多話，而且沉穩得像個大孩子，幾個月不見，他眼中有光，神采奕奕，好像變了一個人，果果也是。

「我們真的可以去參觀？太棒了！」潘安說。

「原來這世界真的有魔法學校，那怎麼沒找我呢？」巴夏花說。

「唉呦，系統不同啦！」潘安說。

「當然歡迎，就是藉這次邀請你們參觀，解除你們的擔心與疑惑，只是拜託你們不要讓一切曝光，我們還是希望低調，保持神祕。地方有點偏遠，我們有車載你們，請上車。」湯姆叔叔說。

那是十人座的小巴士，說是巴士倒像玩具車，車子經過改造與烤漆，金黃色上面有大葉圖案，很像一根大玉米，大家上車，座位改得很像太空艙，每個座位把你包住，到處都是自動開關，車子開動後，窗戶自動緊閉，感覺車速很快，可是不覺顛簸，車行很平穩，因為很舒服，華麗一行人都睡著了，因此不知開了多久，等到車停，華麗被叫醒，大家下車後，每個人發一張毛毯，溫度很低，大家都裹著毯子，但見一座像廟又像塔的白色建築物，立於山坡上，走上去還有一長段階梯：

「哇，這裡好美，房子像冰宮一樣，到處都是雪，感覺爬得很高啊，到底有多高，我們坐了多久的車？」華麗說。

「海拔五千公尺，坐了才半個小時，是用飛的。」果果說。

「這是飛行與路跑兩用車，那兩片葉子張開就是翅膀，所以才要把你們包住啊！」唐唐說。

「才半小時，是火箭嗎？」潘安說。

「是結合直升機與汽車的飛行機。」

「哇，太酷了！」

「我冷斃了，這裡溫度是零下五十吧！」潘安拚命發抖。

大家爬了那長長的階梯，抵達白色雪屋，進去裡面，但見木頭地板上升著碳火，上面有兩個大鐵鍋，一鍋煮著番茄豆子湯，一鍋煮著酥油茶，由一個約十二歲的女孩分食給大家，喝了湯與茶後，身體溫暖多了，細細品味那湯與茶，與其說心意滿滿，不如說可以喝到煮湯人的用心與個性，在這雪山中喝著好喝又熱熱的湯，臉與眼睛都飽含著水氣。喝湯中有人唱歌，那是喝湯後的感動與幸福之聲，有人紛紛附和加入，最後變成大合唱，這湯真是不簡單。

露西阿姨說這原是一百年前的茱莉亞公主吃到的中南美洲豆子湯，覺得營養與能量驚人，於是一直留下這道豆子湯祕方，裡面是大紅豆、碎肉、洋蔥切丁、馬鈴薯煮到爛。看來平凡的組合，喝來卻能量滿滿，可能裡面還加了什麼神奇配方吧！後來的人再變通、創新，加入自己的祕方，於是越來越好喝，每個人煮的都有不同風味。

這麼營養的湯喝一大碗，配著一張大圓餅，所有的飢餓與疲勞都消除了，然後配上甜奶茶，精神與血氣飽滿，大家的歌聲更有力了，華麗看所有人的臉上都有異樣的光芒，原來用心的食物是最基本也是最重要的。

喝完湯，許多穿金黃色袍子的小孩，坐在大堂上，三三兩兩，各讀著書，或打坐，或作實驗，或聽著老師上課，孩子們很專注，沒有因為他們進來而分心，這時湯姆拍拍手，大家都停下來朝他們看：

「今天唐唐果果的親友來訪，就像你們親友來訪一樣自然就好，就先點頭為禮罷！」

大堂上約有二三十人，小孩大約十一到十五歲，老師年紀都不小，有的頭髮都白了，都向華麗一行人點頭，然後繼續做他們的事，巴夏花問唐唐：

「他們都上些什麼課？看不出什麼魔法啊！」

「這裡不是你們從故事書讀到的那種魔法學校，是全人的養成班，中級班學煮湯，那個分湯的女孩學煮湯已經五年了，你們覺得好喝嗎？」

「好喝，但這就是魔法？」

「來這裡要先上三年基礎課程，十歲才能學煮湯，除了供應這裡所有人，每天鄰近的人都會爬山來喝湯，那些登山客也一定來報到，喝到有著修持煮出的湯，有的人會感動落淚呢！」

「天哪，從沒聽說過這種修煉法！」

「我好想煮湯給大家喝，但要經過嚴格考核，先進行三年基礎班訓練，才可以到大廳來看煮茶煮湯，能在一個月內供應一萬人喝湯，且反應良好者，才能升級到樓上。」果果說。

「樓上是什麼地方？」

「等會你們就會看到。」

湯姆先帶他們往地下室走，地下不但不陰暗，反而更寬闊明亮，有彎彎曲曲的走廊，一間一間教室，這裡是十歲以下的初級班，最小的五六歲，還到處跑來跑去，電腦教室一人一臺電腦，是最新型的；另外有英語、法語、中文各種語言教室，也有烹飪課與設計課、各種實驗室，設備都很先進，教室沒有固定座位，愛上什麼就上什麼，也可自由來去。故事屋與電影院、戲劇課擠最多小孩，講故事的老師各憑本事吸引小孩，聽不下去也可睡覺，反正大家都席地而坐，想睡就臥倒。

這裡的老師大多來自世界各地的志工，有大學生、研究生，也有專業的老師與教授，這麼好的師資來教小孩，又是這麼自由開放，小孩子眼中閃著光，臉上有專注的神情，也有笑容。

接著他們由特別的通道，上了二樓，這裡是植物栽培處與實驗室，分為食材區、花卉區、香料區、草藥區，每個人都有自己的小間栽培區，研發新的品種。他們的年紀從十五到二十幾歲，大約四五十人，湯姆叔叔指著窗外的一大片綠地說：

「在這麼高的雪地，要種出植物是很困難的，那是我們的實驗農場，我們開發出的蔬食可以供給自己與附近的居民；研製的香料與草藥已有一百多種專利，在雪山生病的人都會到這裡來看病。」

「那你們是餐飲學院兼救濟院嗎？」胖叔叔叔問。

「你們自己看吧！」湯姆叔叔說。

三樓就真的像醫院或科學實驗單位，都是成年人，大約有十幾人，有的頭髮都已發白，他們穿著金黃色袍子替病人看病或開刀，這種醫療行為在這裡許可嗎？湯姆叔叔說：

「他們都是從這裡出去讀醫學院回來的會員，我們的醫療團隊不輸一流醫院喔。我們再往上一樓。」

華麗心想，從地下一樓要爬到三樓，人已經老了，上面會是什麼？她充滿期待。

四樓像個大圖書館，中間擺十張大桌，一人用一桌，有的年紀才三十，有人已白髮蒼蒼，跟其他圖書館不同的是，他們都在寫書作研究，各個領域都有，文學、藝術、科學、社會、宗教……，經過一百多年，這裡的圖書館有三分之一的著作都是會員的著作，這些祕密會員分布在各領域，有人得諾貝爾文學獎、有些是暢銷書作家，還有一些趨勢作家、預言家與星象、心靈作家。

看來這組織的影響力十分驚人，五樓會是什麼呢？當他們一行人進了五樓，只見一群跟真人差不多的機器人走來走去，有些機器人正在演算一些大數據，有些機器人在對弈，他們跟真人一樣穿著黃袍，有幾個真人在跟他們泡茶聊天，有些人在處理一些文書工作。他們的身體與肌膚已跟真人差不多，臉上也有表情，只是沒真人那麼多，差最多的是眼神，他們的眼神也有光采變化，但不像真人那樣千變萬化。這是個未來世界，也可說是正在發生的世界。華麗說：

「怪不得唐唐、果果不想離開這裡，我也很想加入。」

「我也是，我喜歡機器人，好想跟他們說話。」潘安說。

「為什麼沒選我，明明我更適合啊！」巴夏花說。

潘安走到其中一個機器人前，他正在打電動，潘安看他玩「傳說對決」打的分數超高，就問：

「你們也喜歡打電動？」

「打電動是我們心智練習的活動，也是休閒時間，我們每天可打兩次電動，各一小時。」

「也有刺激感與快感？」

「有啊，我們也有神經元與感官，只是還沒那麼複雜，不過那些複製人，就跟你們一樣。」

「所以這裡的真人都是複製人？」

「是啊！出現在這層樓的都是實驗室與醫院合力製造出來的。」

「複製人都是複製哪些人？」

「經過挑選的高質量人，必須是我們的會員，他們的代號叫Neo，大家開會通過的人選才能複製，因為一個複製人要經過許多人力物力的集合與努力，而且失敗的機率非常大，成功率只有百分之一，還需要再努力。」

「為什麼？」

「雖然基因與身心都與原來類似，但是Neo體質非常脆弱，有的出生沒多久就死了，有的免疫系統脆弱，很容易生病死亡，能活下來的只有少數，最多只能活到二三十歲。複製人跟真人還有一些差距。」

「為什麼沒看見像愛因斯坦那樣的天才？」

「像他們那樣高智商的天才，複製後更加脆弱，而且不一定會有高智商，能複製而活下來的反而是普通人，或有修持的人，Neo的念力與願力都很強，可讓他們的意識得以延長，而被保留下來，所以稱他們為高質量人。」

「太神奇了，我好想被複製。」

「只有快死的人才可以喔！」華麗插嘴。

「要死，快死的人那麼衰弱怎麼複製？那不更快死！」潘安說。

「是否高質量，在煮豆子湯階段就能判定，高質量人能煮出神奇的湯與茶，大約在這階段就會挑選複製人準備名單，每梯次大約五人左右。」

「五人成功機率可能有一人，也可能完全失敗。」

「那些成功的複製人與他們的本人同時存在？」

「是的，但組織不讓他們相見。」

「為什麼？」

「因會著迷於彼此，變成彼此的羈絆，而產生迷亂。而且如果自己的複製人夭折，那比自己或孩子死亡還痛苦。所以只有隔離，讓他們分開生存，如果他們當中誰先死，或生病，可作器官移植，這樣他們之中有一個人會活非常久，最久的可以長達兩百歲。」

「複製人是為延長壽命或作為替身而設？」胖叔叔問。

「剛開始是，後來是為保留高質量人而作，那些Neo經過複製，他們的質量因修持而越來越有智慧，能做更多事，幫助更多人。」

「哇！那我可以跟Neo講話嗎？」華麗問。

「等你們到第六、第七樓，也是塔的頂端，就可以見到他們，拜拜，我去忙了，有空再聊。」說完，揮一下手就走了，他說話與走路的樣貌跟真人差不多，讓人有如夢似幻的感覺。

他們爬上第六層，進入一個類似大會議室的地方，當他們都坐好時，有六個穿紅袍的男女走進來，看來他們都是Neo中的精英，是主導委員會的核心份子，不管容貌、體型或氣度都異於常人。其中有露西阿姨、湯姆叔叔，還有一個年約二十的東方少年、一個白髮蒼蒼的斯文大叔，還有坐在主席位置的女人，完全看不出年齡，她的眼睛彷彿燃著小火。在她旁邊的大叔站起來說：

「大家好，我叫酷克，大家都叫我怪博士，我是Neo第二代，算是資深的，今年已經一百二十歲了，看不出來吧？」

他的樣子看來頂多五十歲，也就是說他們在七八十年前或更早，已經啟動複製人實驗，他是第二代，那還有更早的第一代呢？

「你們一定在想，我們之中有誰是第一代吧？現在我向你們介紹我們的會長，也是第一代Neo，茱莉亞公主。」

茱莉亞公主是一百多年前的通靈大師，原來她這一百多年來組織通靈會，就為推行這結合靈修與科技的計畫，也成功製造第一個複製自己的人。算一算她至少有一百五十歲了，她的外貌看來只有四十幾歲，如此長壽的公主真的好驚人！

「我是茱莉亞公主，我們六個Neo都超過一百歲，集合東西方高質量人，許多通靈者其實是高質量人，他們能看見過去與未來，也能不斷自我提升，當他們集合起來，力量十分驚人。在我三十歲時被趕出皇室，流浪各國認識許多高質量人，組成通靈會，那時就已預見到西方的衰退，科技與靈修是無國界的，我們幫助許多戰犯與政治犯、流亡者，那時，就有科學家進行機器人與複製人實驗，那是上個世紀一戰剛結束，我得了肺結核，於是他們著手研製機器人，Neo第一號就這樣製成，茱莉亞在一九二〇年過世，Neo代替她繼續活下去，如今已快一百年了。現在的我也叫茱莉亞，公主就不必了！」

「哇！一百五十幾歲的公主，是公主中的公主。」

「大約三十年前，我們將總部移到喜瑪拉雅山上，這裡的人

質量高，靈性強，可惜多災多難。三十年來，我們在這裡設立許多學校與醫院，可是這次尼泊爾地震告訴我們，當科技越發達，自然的破壞越大，災異就越多，我們把這股破壞力量叫『黑王』，這是我們目前最大的敵人。」

「『黑王』是個組織？」

「它的可怕就是無形無蹤，沒有固定組織，是宇宙暗黑能量匯集而成的破壞力。它讓人心變得邪惡、好鬥，破壞生態平衡，與人間秩序，讓壞人得勢，好人消沉，黑白顛倒，是非不分。像這次的地震，有可能是它們的黑暗力量聚集造成的。黑王分布在世界各地、你看現在世界這麼亂，氣候失常，炎熱的地方下雪，寒帶出現超過四十度高溫，政治狂人四起，恐怖攻擊越來越多，這是黑王控制的世界，人類應該向上提升，以免被他們拖下來。」

「太可怕了，又是無形無蹤？那要怎麼對付？」

「上七樓吧！」茱莉亞公主說。

七樓是個學校，稱為「宇宙學院」，在這裡Neo們作更高的修持與增強各種宇宙學識，除了天文學、太空科學、心靈科學……還進行異星球的移民計畫，因此火箭與各星球生態的研究更是重心，看來他們的人力、物力、財力不輸一個國家。

「Neo已是高質量人，如何再作更高的修持？」

「Neo經過一百年以上的修持，靈力超乎一般人，然而他們必須修到完全無我的狀態，而且正能量十分強大。雖是如此，他們在必要時常要犧牲自我，他們的體質異常，在太空中會分崩瓦解，因此移民異星球根本是自殺計畫，然而因為抱著必死的決心，他們更是無私地往更高層次走，在這裡科技與靈性是不衝突的。」

「聽了好心動，可以自願加入嗎？就算是志工也沒關係。」潘安說。

「其實你們來過這裡，也算加入了。把這種正能量帶回去，有一天你們真的準備好，才來吧！說真的，要下定決心，離鄉離家，無私地奉獻，一般人是沒辦法的喔！如果你們要把唐唐果果帶回去，我們是沒意見的。」

「謝謝你們讓我們到這裡參觀，我們終於放心了，他們一年可回家兩次是吧？我們也可隨時來看他們？」

「是的，如果後悔，想把他們接回去也是可以，他們成人後去留也是自由的，但必須簽下保密協定。」

「那太好了，我們也會簽保密協定的。」

「爸爸，我可以留下來嗎？」華麗問。

「再讓我想想吧！實在……」

「那我可以嗎？」潘安問。

「你這完全沒靈性的不行吧？我們還是當普通人吧！」胖子叔叔說。

「那我總可以吧！我有靈力，是巫師之後代。」巴夏花說。

「歡迎，只要你家人同意，要來我們隨時會有人跟你聯繫。說真的，在這裡生活很辛苦，尤其剛來時很難適應，氣候、食物、學習、人際關係都跟外面差別很大，意志力要十分堅強，中途回家的人也是有，大多是剛來的一兩年，之後幾乎沒人離開。當他們可以與人心靈相通，打開心眼，不管多遠都能感受到家人與朋友的愛與存在。雖然生活與世隔絕，心靈是無障礙空間喔！」

「太棒了！主要是心靈無障礙，我們也可變成高質量人。」華麗的爸爸說。

參觀完，他們住在親友團住宿的招待所，華麗的心激動不已，寫下一串文字：

真正的公主
誰是真正的公主
宇宙無敵茱莉亞
活了一百多年
只為完成偉大理想
心靈是無障礙空間
黑王破壞一切
我們還有清明的自己

宇宙就是我們的家
我們每個都可能是Neo
只要奉獻自己
不自私不褊狹
等於加入正義的一方
這才是真正的公主

15 黑王來襲

連續幾天的暴風雪，白塔有三分之一埋在雪裡，大家都躲在室內，氣溫降到零下四十幾度，白塔的水塔結冰，水管爆裂，空調故障，大家都包著毛毯，擠到最溫暖的一樓，緊靠著幾鍋熱湯與炭火。農場被雪封住，暫時無法供應蔬菜，冬天主要靠溫室中的人工土栽培蔬菜，現在溫室中許多植物因降溫死去，儲備的糧食雖然可以抵擋一兩個月，然對外交通阻斷，飲水與毛毯的供應不足，木炭也短缺，氣候從來沒這麼惡劣，以往頂多下一天暴風雪就停，它來得急，但不會下超過一天，這是雪山最嚴酷的季節。然上天總會有平衡之道，會讓大自然有喘息的機會、現在連日暴風雪，連通訊也困難。在茫茫大雪中，所有動植物都絕跡，只有密密麻麻的烏鴉與蝙蝠，圍著白塔亂舞。

巨大如飛碟的飛行物飛向白塔，茱莉亞公主緊集召開會議：

「繼五年前的攻擊，經過激烈的戰鬥，我方險勝，如今他又趁暴風雪之際來襲擊我們，我們要好好應戰，大家有何對策？」

「黑王的軍隊都是十分強大的機器人，每個都是一個火藥庫，三兩個就足以夷平白塔。這次恐怕更為強大。」

「我們的Neo戰力如何？」

「他們武裝起來也是驚人，可以二對一，我們的Neo有五百，戰車與玉米機的火力也足以對抗。」

「雙方戰力我方有點落差，但Neo的智力與反應更精良，我們並非沒有勝算。」

「敵方飛碟經電腦估算約有三百人，再半小時就將降落。」

「備戰吧！」

Neo們全副武裝，穿著隔護衣，如太空人一般，厚厚的隔護衣，有強大的防彈能力，他們的武器「以太槍」能噴出由乾冰、以太、電流、滋波、分解劑等各式的炸藥，能讓機器人的磁波被擾亂，程式改變，不聽號力，而乾冰與以太低溫至零下一百，瞬間讓機器人凍結，並侵蝕、瓦解，最後爆炸。

他們分別坐近五十部戰車中，戰車能發射高能子彈，殺傷力比一般子彈高十倍。

沒想到飛碟落地開門，走出的是幾十個孩童，年紀都不超過十歲，可能是尼泊爾的地震孤兒或戰爭孤兒，白塔軍不敢發動攻擊，他們居然將孩子當武器，真是太邪惡了。在孩子後面的是一大群怪獸，體積比北極熊還大，牠們全身黑色的長毛，有長角、利齒與超長的利爪，牠們是犛牛、北極熊、暴龍的結合體，他們的布局讓白塔軍不知如何下手。

他們不能傷害無辜的孩子，等孩子跑過來再行動，他們也派出靈獸「白翼」，是白馬與長頸鹿、翼龍的結合體，牠們不但勇猛，尚且能飛翔，長長的鳥嘴能刺穿心臟。幾十隻「白翼」出動，先去載孩子們到這邊來，然後與對方怪獸展開戰鬥，怪獸雖凶猛，但「白翼」能飛，可以逃開攻擊，又能從空中俯攻。雙方激戰許久，死傷無數，「白翼」具有自我修復的能力，因此只要不死便能復原。怪獸雖然凶猛，咬死許多「白翼」，最後還是被咬死大半。這時飛碟中走出許多機器人，並發射子大砲，「白翼」紛紛飛走。白塔也回攻，發射炸導彈，希望能一舉炸毀飛碟與機器人，沒想飛碟突然升空，而機器人非常凶猛，只要戰敗，必將自己引發爆炸，讓雙方同歸於盡，Neo的戰力很強，他們以戰略取勝，一批一批前進，「以太槍」用電腦超控，因此能精準發射，一射中機器人馬上被冰封，無法動彈，但他們必需阻擋機器人接近白塔，否則一旦機器人在靠近白塔時，自我引爆，必然炸毀白塔。

機器人的數量越來越多，它們有一半藏於艙底，沒有被電腦掃到。這彷彿殺也殺不完的機器人，已經走到距離白塔只有一百公尺，這實在太危險了。這時，白塔飛出數以百計的玉米機，開始進行更猛烈的掃射。它們發射的是密集的電磁波，藏在玉米中的晶片與發射器，像下雨一般打在機器人身上，擾亂機器人的程式設定，被射中的機器人不是往回走，就是原地打轉，或者像喝醉般胡走亂轉，有的還互打起來。「黑王」見機器人自亂陣腳，馬上發出撤退的訊息，那些

沒被打中的機器人紛紛往回走，而先發的部隊因為互打、混亂、誤撞而一一引爆炸毀，好在離白塔還有一段距離。這次保衛戰，白塔成功打退黑王。

白塔人雖然險勝，他們估計黑王還會展開第二次攻擊，於是先安置好被白翼載回的小朋友，大約有三十幾人，他們一個個衣衫襤褸，枯瘦如柴，許多大姊姊們熱心地幫他們清洗，換上保暖的衣服，喝熱熱的豆子湯，不久就沉沉睡去，這些孩子都受過度驚嚇，暫時失憶，無法說話。睡了兩天之後，其中有個金髮男孩說：

「黑王好可怕，它們還有更可怕的武器。」

「別怕，我們會保護你的，你叫什麼名字，從哪裡來？」

「我叫海布爾，原來住在喀什米爾的孤兒院，有一天，黑王部隊將整個孤兒院的孩子都載走，因為我年紀最大，我當爸爸，柔麗當媽媽。」

「你幾歲？已經當爸爸了。」

「快十一歲了，柔麗十歲半，我們最小的只有兩歲，其他都在十歲以下。柔麗與年紀小的還在黑王那邊，拜託請救救他們，我好擔心，下次當砲灰的就是他們。」

「黑王到底抓了多少小孩？」

「幾百個。」

「太可惡了，居然拿小孩當武器，果然是黑心王！」

「黑心王，說得太好了，我們一定要打敗黑心，救回那些孩子！」

白塔人一面休息，一面積極準備下次的戰爭，他們的Neo需再升級戰鬥力，暴風雪終於停了，對外交通與通訊恢復正常，白塔總部對分部徵派支援。

在兩天之內，分部增援部隊紛紛到齊。他們的運輸機是空中飛行船，約有五艘先後抵達，匯集一千名Neo，帶來更先進的武器，並帶來充足的糧食。幾艘飛行船降落變成為堅固的堡壘，將白塔圍住，保護白塔。

所有的小孩都聚集到地下，將他們編班，每天上課，讓他們感受不到外面緊張的氣氛。現在新來的小孩都穿著乾淨的衣服，有特別的營養師幫他們調養身體。他們除了喝特別的豆子湯，還必需補充營養，並有心理師特別照顧他們的心靈。他們大多受了心理創傷，常在夢中大哭，平常則見人畏縮。小華麗與潘安自從當上姊姊與哥哥，特別喜歡小孩，也很會哄他們，逗他們開心。在上繪畫課時，海布爾一直在畫奇怪的東西，潘安問：「這是什麼啊！好像螞蟻穴。」

「這是我們在黑王那邊住的洞穴。」

「所有人都在地下？」

「地洞挖了很深，分好幾層，有一個叫『心臟』的地方，沒人能進得去。我們在最底層，看不到上面。」

「那你怎能畫得出大約的樣子？」

「那天我們被帶出來，坐著透明的升降機，每一層都看得到，雖然電梯非常快，但還是看到裡面的一部分，我想面積更大。我要記下來，一定要回去救他們。」

老師也注意到海布爾的畫，覺得是黑王的巢穴圖，問他願不願意供給上層參考，他說願意，他也拜託老師一定要救出那些可憐的孩子。

作戰參謀團研究那張圖，除了畫出更精確的圖，還要猜測準確位置。他們問海布爾：

「除了作戰那次，都沒出來過嗎？」

「剛到的時候，我們都被打了藥，醒來時已在最底層，只有作戰那次出來過。」

「你在外面看到什麼地標？」

「是個很大的山谷，有河流，山是紅色的岩石，河裡到處是落石。」

「這裡有很多這樣的山谷，想想看還有沒有別的？」

「臨上飛碟時，我看到山谷上有許多小房子，很小很小，像小矮人住的房子。」

「很小很小的房子，那可能是僧人的閉關所，附近一定有喇嘛寺，你能判斷海拔多高嗎？」

「那時大約是中午剛過，太陽還很大，天氣卻非常寒冷，地上還有些微積雪。」

「那大約海拔五千公尺以上，那範圍更小，我們找出一些圖片讓你看，你能認出嗎？」

「我試試看。」

白塔參謀團搜尋幾處海拔五千以上，附近有喇嘛寺的河谷照片，然而每張都很像。在這雪山，除了少數人家，越高處越是白雪覆蓋，紅色的山脈與充滿石塊的河谷看來都差不多，海布爾指著其中一張說：

「雖然都很相像，但這張的石頭較少，可能是有人整理與居住。其他都太原始太天然了！」

「你很聰明。馬上找出這張的詳細方位圖。」

「拜託你們，先救出小孩，帶著我，我會認路，也想一起救出他們，畢竟我是他們的爸爸，無時無刻不擔心著他們。」

「可以帶你去，但不能參與作戰，你還是孩子啊！」

「先救援再作戰，求求你們！」

「作戰計畫是機密，我們會通盤考量，作出最周密的對策，你放心吧！你認出基地，已立了大功，你長大後會是出色的戰士。」

白塔經過長長的會議討論，決定在決戰前，先偷襲黑王基地，並先救出孩子。他們將派出數十輛玉米機，兵分兩路，一路趁黑夜中突襲，另一路救出小孩。偷襲前又下了一天暴風雪，大雪與低溫讓人退縮，機器人雖然不用睡眠，但是干擾會變多，當機的機率也高。

玉米機在快破曉時出動，它們有隱蔽裝置，能逃過偵測，因此當玉米機降落時，黑王部隊並未察覺。經過沙盤推演，要進入底層最快的辦法是從另一個逃生地道進去，能躲開直接衝突。凡基地在地下的一定設有逃生密道，有時還不只一個。

他們事先找到準確地點，進行空拍與電腦解析，找到兩個逃生密道。怕有假造，隊伍分三批，一批守在外頭，兩批進入密道，為快速逃離，密道通常不太長，一條通向最高層的總部，一條通向最底層的牢獄，孩子們都在那裡。守在外面的只有兩個機器人，用玉米槍凍結他們，不讓他們發出警報，孩子們都被快速救出，上了玉米機，他們看到海布爾都好開心，有些人還因太高興而哭：

「爸爸，我們好想你，我就知道你不會不管我們！」

「爸爸，看不到你，我好害怕，一直哭。」

「海布爾，我們一直在等你，我知道你一定會回來找我們。」柔麗說。

「是，我一定會回來，但在他們發現之前，我們趕快走吧！」

玉米機把孩子們載回白塔，這群孩子比之前來的還瘦弱，有好幾個還生病了。大孩子紛紛自動照顧他們，華麗與潘安也幫忙給他們換衣服、洗澡，醫生也幫他們看病醫治。喝下熱熱的豆子湯，孩子們一個抱著一個睡著，臉上的淚痕未乾，但有幾個帶著安詳淺淺的笑。

所有人都睡著了，小華麗卻睡不著，來這裡幾天發生了這麼多事，看到這麼多無家可歸的小孩，她覺得自己好幸福，也想念著家裡的蛋蛋妹妹，她翻開日記寫著：

你們都是我的蛋蛋妹蛋蛋弟
這麼小這麼可憐
我想抱緊每一個蛋蛋
讓他們感到溫暖
蛋蛋的淡淡微笑

帶給人淡淡的甜蜜
甜蜜的蛋蛋淡淡的幸福
淡淡地想念遠方的蛋蛋
旦旦淡淡但但蛋蛋

16 最後決戰

當黑王知道白塔軍救走所有的小孩，而密道被破解，意味著整個組織都被掌握，他大發雷霆。除了暗中計畫轉移巢穴，並立即部署，全力進擊，這次除了飛碟載著更精銳的武器，還有戰力更驚人的機器人，更有那凶暴的野獸群，這些野獸都有自我復原的能力，他們將展開猛烈的攻擊。

白塔這邊早已算好黑王會快速展開攻擊，早就嚴陣以待，暴風雪再度颳起，這是黑王的法力，這次不但要比戰力，還要比法力。白塔的小孩與教師，集中在一樓大堂，一邊煮豆子湯，一邊唱歌，一邊為Neo祈禱。新來的小孩也加入，他們的歌聲特別優美，只因他們在最痛苦的時光都是以唱歌度過，這幾天喝了具有能量的豆子湯，歌聲中似乎有特殊的魔力，響亮的聲音似乎山谷也在晃動，Neo的戰力因此更加勇猛，黑王的部隊有點猶疑，但這次飛碟沒有停，一直往白塔前進，一直到白塔的上空，他們這是要直攻。白塔雖有大砲，但大都是遠程的，只能以機關槍掃射，但是飛碟停得很高，機關槍打不到，只有派出玉米機，它們雖能展開攻擊，卻只針對機器人與生化武器，它們如果投下一枚炸彈，對白塔的摧毀力難以估計，在其後可能空降部隊直接降落白塔。為今之計，一定要反制飛碟。因為整個行動太快速，讓白塔陷入危機與困境。

還好從世界各地增援的Neo，駕著戰艦來到，他們有各式各樣的砲彈與武器。兩方對轟，飛碟雖能抵擋砲彈攻擊，但Neo的戰艦越來越多，包圍黑王的飛碟，在強烈的攻擊下，最後快速飛離。

飛碟走了，白塔的危機暫時解除。

17 再見Neo

住在白塔兩個禮拜，唐唐果果爸媽與胖叔叔加入第一樓的志工團，整天都與孩子們在一起。巴夏花與華麗則對煮豆子湯特別有興趣，她們當主廚的助手。輪值的主廚都要清潔身心，作靜心的功課。每個人靜心的方式各有不同，有的人到農場採集祕方，有的人數豆豆，要供給所有人一個月伙食的豆子總有幾萬顆，像撫唸珠一樣數豆子，也有靜心凝神的效果，有些還沒被選中的人，就在農場種自己的豆子，每日誠心澆灌，每個人種出的豆子風味略有不同，在這基礎上，加進自己的祕方，就能煮出具有自己風格的豆子湯。華麗與巴夏花也嘗試種自己的豆子。這裡土地貧瘠，雪封的時間有八個月，只有夏季六、七、八月能耕種。她們埋下種子，希望在回去之前能發芽。

天氣早晚溫差很大，中午熱到三十幾度，早晚降到五六度。這種環境只能種些馬鈴薯、胡蘿蔔等根莖植物，種子通常來自培育室的改良，能適應這裡的土地。華麗與巴夏花自從埋下種子，每天幾乎都要跪在地上祈禱，在農場裡工作的人，沉默、專注，彷彿在進行一場儀式。

華麗的爸爸與醫師志工團特許待在醫院與研究室觀摩，潘安迷上Neo與機器人，每天跟他們下棋、打電動與聊天很快地時間飛也似地過去，他們離開的日子到了。

雖然有著萬般不捨，他們還是得離去，還好每半年都能探視一次，現在已經期待下次的團聚，那時豆子應該長高收成了。雪封的日子，飛機停飛，白塔的人將派飛行汽車接他們，那時他們將帶來大量的巧克力與薯片、泡菜、水果，這裡最缺的是零食與蔬菜、水果，他們如果帶來臺灣南部的黑金剛蓮霧，應該會大受歡迎吧！

分別的那天，依然是湯姆叔叔、露西阿姨送行，唐唐果果只能送到大門，大家一再擁抱，依依不捨，華麗哭得慘兮兮：

「我好捨不得這裡，好想留下來。我也捨不得唐唐、果果。」

「你是捨不得你的豆子吧？」巴夏花說。

「那不是重點……難道你捨得你的豆子？」

「等你們再來時，一定會吃到你們種的豆子。」

「喔，可以分辨嗎？」

「這豆子上有點點斑紋，每個人種的都有小變化，有的斑點大，有的小，有的疏，有的密，也有一半有斑，一半沒的，還有沒斑的，變化無窮，反正一定辨認得出，我知道你們捨不你們的豆子，特別各送你們兩顆種子，回家繼續種。這豆子幾乎遍布整個地球，透過豆子，它會發出星星般的光芒，再遠都能看見你們喔！」露西阿姨說。

「真的，比魔豆還神奇。」華麗與巴夏花歡呼。

「我跟Neo已變成好朋友，我也可以跟他們聯繫嗎？」

「他們每個都有臉書，你可加他為好友，保持聯繫。記得要保密。」

「哇，這麼潮，這麼方便，太好了。」

「再過幾年，等一切準備好，全球的白塔人會團結起來，一起對抗黑王，到時歡迎你們加入。」

「白塔人必勝！」

「我們一定加入。」

「打敗黑王！」

華麗一行依依不捨地告別白塔與雪山，她為此行作了〈不朽公主華麗頌〉：

遙遠的雪山有個白塔
裡面住著茱莉亞公主
與一群Neo們
永恆的與不朽的

這個理想已被看見
一顆豆子看見宇宙
一顆豆子即是永恆
我們將永不分離
祕密在一顆神奇的豆子裡
不朽的豆子
不朽的公主
這才是華麗中的華麗

九 歌 少 兒 書 房 2 5 0

叫我公主
——小華麗公主華麗頌

國家圖書館出版品預行編目 (CIP) 資料

叫我公主 : 小華麗公主華麗頌 / 周芬伶著 ; 賴昀姿圖 . -- 初版 . --
臺北市 : 九歌 , 2020.05
面 ;　公分 . -- (九歌少兒書房 ; 250)
ISBN 978-986-450-288-2(平裝)
863.596　　109004446

作　　者——周芬伶
繪　　者——賴昀姿
責任編輯——鍾欣純
創 辦 人——蔡文甫
發 行 人——蔡澤玉
出　　版——九歌出版社有限公司
台北市 105 八德路 3 段 12 巷 57 弄 40 號
電話／02-25776564・傳真／02-25789205
郵政劃撥／0112295-1

九歌文學網　www.chiuko.com.tw

印　　刷——晨捷印製印刷股份有限公司
法律顧問——龍躍天律師 ・ 蕭雄淋律師 ・ 董安丹律師
初　　版——2020 年 5 月
定　　價——280 元
書　　號——0170245
I S B N——978-986-450-288-2